時間機器

赫伯特・喬治・威爾斯 著　林捷逸 譯
Herbert George Wells

:: 目錄 ::

第一章 序幕

時間旅人（這麼稱呼是爲了方便提到他）正在對我們解釋一個深奧的問題。

他淺灰色的眼睛閃閃發亮，往常蒼白的臉孔熱烈到泛紅。壁爐裡的爐火燒得旺盛，白熾燈從銀色百合燈座散發出柔和光線，照亮我們玻璃杯中稍縱即逝的氣泡。我們坐的是他特有的椅子，與其說是讓我們坐在上面，不如說是把我們擁抱其中輕撫著，大家沉浸在晚餐後的舒適氣氛下，思緒逐漸擺脫刻板束縛。

他就這樣對我們訴說起來，用纖細食指比劃重點，而我們懶洋洋坐在那兒，讚嘆他對這個嶄新謬論（我們是這麼認爲的）如此投入，還有他豐富的想像力。

「你們一定要仔細聽我說。我將反駁一、兩個幾乎是普遍接受的觀點。比如說，他們在學校裡教你們的幾何學，就是建立在錯誤觀念上。」

「要我們從這裡開始聽，難道不會太廣泛了？」菲爾比說，一頭紅髮的他是個喜歡爭辯的人。

「我不是要你們接受沒有合理依據的事。你們很快就會同意我想讓你們認同的觀點。你們一定知道，數學上講的一條線，寬度爲零的一條線，實際上並不存在。他們有教過你們吧？數學上的平面也不存在。這些都是抽象概念。」

「沒錯，」心理學家說。

「同樣地，只有長、寬、高的立方體實際上也不存在。」

「這點我反對，」菲爾比說。「立方體實際上是存在的。現實中所有的東西——」

「大部人是這麼認為。但請想一下，眞的有瞬間存在的立方體嗎？」

「不懂你的意思。」菲爾比說。

「一個沒有持續任何時間的立方體，它眞的存在嗎？」

菲爾陷入沉思。

「顯然，」時間旅人繼續說，「任何眞實物體一定在四個方位上延伸，它必然有長度、寬度、高度，還有持續時間。但因為人類先天的缺陷，這個等一會兒跟你們解釋，我們容易忽略這眞相。實際上有四個維度，其中三維我們稱做空間的三個平面，而第四維就是時間。然而，人們傾向於在空間三維和第四維之間畫上虛構的分野，因為從生命開始到結束，我們的意識都沿著時間維度朝一個方向斷斷續續移動。」

「這……」一個年輕人說，他正想盡辦法要在油燈上重新點燃他的雪茄，「這確實非常清楚。」

「是啊，令人驚訝的是太多人都忽視這一點，」時間旅人繼續說，同時更加提起興致。「這就是第四維的眞正意涵，儘管有些人談到第四維時並不知道自己指的就是這個。它只是另一種看待時間的方式。時間與空間三維中的任何維度都沒差別，唯獨我們的意識是沿著它移動。但有些傻瓜領悟到的卻是這觀念錯誤的一面。你們聽過他們怎麼說這第四維？」

「我沒聽過。」地方首長說。

「簡單講是這樣。數學家說空間有三個維度，人們稱做是長度、寬度和高度，而且可以透過互相垂直的三個平面定義出來。但有些好於思辨的人總是在問，爲什麼偏偏是三維，而沒有另一個與它們互相垂直的方位？他們甚至嘗試建構四維幾何學。大約一個月前，西蒙．紐康[1]教授才向紐約

---

1 西蒙．紐康（Simon Newcomb，1835-1909），美國籍加拿大天文學家、數學家和科幻小說家。

數學學會解釋這問題。你們都知道，我們可以在只有兩維的平面上描繪出三維的固體。同樣地，他們認爲只要能掌握透視技法，就可以透過三維模型呈現出第四維，明白了嗎？」

「我想是的，」地方首長喃喃自語；他皺起眉頭，陷入深思的狀態，顫動的嘴唇好像在複誦什麼神秘話語。「是的，我想我明白了。」一會兒之後他這麼說，臉上閃過一絲喜色。

「好吧，我可以告訴你們，我研究這個四維幾何學已經有一段時間，有些結果很令人好奇。比如說，這有一個人八歲時的畫像，另一張是十五歲，再一張是十七歲，還有一張是二十三歲，諸如此類。這些畫像顯然是用三維來呈現他存在第四維中的片段，而且是固定不可改變的。」

時間旅人暫停片刻，讓大家確實吸收他講的內容，然後繼續說下去。「有科學頭腦的人都清楚知道，時間只是空間的一種。這是一張常見的科學圖表，記錄天氣變化。我用手指的這條線代表氣壓變化。昨天白天它在這麼高，到了晚上降了下來，然後今天早上又升高，緩緩升到這裡。水銀柱在一般認知的空間三維裡想必沒有畫出這條線？但它確實沿著這樣一條線在變化，因此我們得到的結論是，這條線是沿著時間維度存在的。」

「可是，」醫生說話時緊盯著爐火中的一塊煤炭，「如果時間眞的只是空間的第四維，爲什麼它總被視爲不同的東西？我們爲什麼在時間中不能像在其他空間維度那樣自由移動？」

時間旅人笑了。「你確定我們能在空間中自由移動？我們能左右移動，前後也還可以，人們一向是這樣移動。我承認我們可以在兩維空間中自由移動。但如果是上下呢？重力限制了我們。」

「不完全是，」醫生說。「我們可以乘坐氣球。」

「但在氣球出現以前，除了斷續的跳躍和地表高低起伏以外，人們沒辦法自由上下移動。」

「但我們還是可以稍微上下移動」醫生說。

「向下要比向上容易，容易多了。」

「但在時間裡完全不能移動，你無法離開當下。」

「先生，這就是你錯的地方，全世界都錯在這裡。我們一直都在離開當下。我們的精神是非物質的存在，沒有三維，它沿著時間維度等速前進，從生到死都是如此。就像我們生命如果是從離地五十英里[2]的空中開始，應該就會一直往下落。」

「但最大問題是，」心理學家插話說，「你在空間中可以朝所有方向任意移動，但你在時間中不能任意移動。」

「這就是開啓我偉大發現的契機。但你說我們不能在時間中任意移動是錯的。比如說，如果我非常生動地在回想一件事，就是回到了它發生的那一刻，你可以說我變得心不在焉。我在片刻間跳回到過去。我們當然沒

2 約八十公里。

辦法停留在過去一段時間，就像原始人或野獸無法停留在離地六英尺[3]的空中。但文明人在這方面要比原始人進步，能夠乘坐氣球抵抗重力往上升，那麼他為什麼就不能期待，自己終究可以停止或加速沿著時間維度移動，甚至反轉朝另一個方向移動？」

「喔，這就，」菲爾比開口，「這就完全……」

「為什麼不行？」時間旅人說。

「這違反常理。」菲爾比說。

「什麼常理？」時間旅人說。

「你可以爭辯說黑即是白，」菲爾比說，「但你永遠無法說服我。」

「也許不能，」時間旅人說。「但你現在開始瞭解我研究四維幾何學的目的。很久以前，我曾隱約構想過一種機器——」

3 一百八十二點八八公分。

「去穿越時間！」年輕人喊出來。

「可以在空間和時間中朝任意方向移動，全由操縱者決定。」

菲爾比噗哧大笑。

「而且我已經實驗驗證過了。」時間旅人說。

「這對歷史學家來講眞是太方便了，」心理學家想到說。「例如，他可以回到過去，檢驗大家普遍接受關於黑斯廷斯之戰[4]的記載。」

「你沒想過這會不會太過招搖了？」醫生說。「我們祖先不太能夠接受跨越時代這回事。」

「人們可以直接從荷馬和柏拉圖口中學希臘文。」這是年輕人的想法。

4 黑斯廷斯之戰（Battle of Hastings）發生在一〇六六年十月十四日，是法國諾曼第公爵入侵英國時的重要戰役，也是英國史上最後一次被外人成功入侵的一役。

「這麼一來，學校必然會給你的考試打不及格。希臘文已經被德國學者變動了很多。」

「還有就是未來，」年輕人說。「想想看！人們可以把自己的錢全部投資下去，讓它開始累積利息，然後去到未來！」

「去發現一個社會，」我說，「一個建立在嚴格共產主義基礎上的社會。」

「這依據的完全是一個過於荒誕的理論！」心理學家開口了。

「沒錯，對我來說也是如此，所以從未談論過它，直到——」

「實驗證明！」我喊道。「你要提出證明嗎？」

「得看看實驗！」菲爾比大聲說，他已經搞到暈頭轉向。

「不管怎樣，讓我們瞧瞧你的實驗，」心理學家說，「儘管它是個騙局，你們知道的。」

時間旅人微笑看著我們。接著，他依舊帶著淺淺笑容，兩手插在褲子口袋，緩緩走出房間，我們聽到他拖著腳步經過長廊，走去他的研究室。

心理學家看著我們。「我懷疑他要做什麼？」

「還不是耍耍花招之類的。」醫生說。菲爾比想告訴我們他在伯斯勒姆[5]遇見一位魔術師的事，但是還沒等他說完開頭，時間旅人就回來了，菲爾比的趣聞軼事就此告終。

5 伯斯勒姆（Burslem）是位於英格蘭中部的一個城鎮。

第二章　時間機器

時間旅人拿在手上的東西有個閃亮的金屬框架，差不多是小時鐘的尺寸，作工十分精緻，裡面有象牙製零件和透明結晶物。現在開始我必須詳細說明，因爲接下來的事——除非他的解釋能被接受——完全不可理喻。他從散置房間的小八角桌中搬來一張，放到壁爐前面，兩支桌腳跨在爐邊地毯上。他把機械裝置放到桌上，然後拉了一把椅子過來坐下。桌上僅有的其他東西是一個有燈罩的小油燈，明亮光線照在那機器上。周圍還有十多支點燃的蠟燭，兩支插在壁爐架的銅燭台上，另幾支插在牆壁燭台上，所以房間裡是一片通明。我坐在最靠近壁爐的一張矮扶手椅，於是就把椅子往前拉，幾乎介於時間旅人和壁爐之間。菲爾比坐在他後面，視線越過他的肩膀往前看。醫生和地方首長在右側注視著他，心理學家則是在左邊，年輕人站在心理學家身後。我們全都聚精會神。無論是如何巧妙安排和熟練執行的把戲，我不相信在這情況下還瞞得過我們。

時間旅人看了看我們，然後盯著機械裝置。「沒問題吧？」心理學家說。

「這個小東西，」時間旅人說，同時把手肘靠在桌上，兩手一起放在裝置上面，「只是一個模型。我計畫要做的是能穿越時間的機器。你們注意到它看起來明顯歪斜，這根桿子格外閃亮，似乎有些超現實的模樣。」他用手指著那部分。「同時，這裡有根白色小控制桿，那裡也有一根。」

醫生從椅子上站起來，注視著那東西。「做得眞漂亮。」他說。

「花了兩年才做出來，」時間旅人回答。接著，在我們都像醫生那樣站起來看時，他說：「現在我要你們明白知道，這控制桿一壓下去，就會把機器送去未來，另一根則是讓它反向移動。這個鞍座代表時間旅行者坐的位置。現在我要壓下控制桿，機器就會啓動出去。它會從眼前消失，前進到未來。仔細看這東西，還有桌子也是，確定沒有任何做假的地方。我不想浪費了這模型，還被說成是個騙子。」

現場大概停頓了一分鐘。心理學家似乎要對我說些什麼，但他改變了主意。接著，時間旅人朝控制桿伸出手指。「等一下，」他突然說。「你的手借我。」然後轉向心理學家，將他的手握在自己手裡，要他伸出食指。所以是心理學家親手將機器送上永無止境的旅程。所有人都看到控制桿轉動。我很確定其中沒耍任何花招。這時吹起一陣風，燭火搖晃不已。壁爐架上一支蠟燭被吹熄，小機器瞬間旋轉起來，變成一團模糊，看來像鬼影般的漩渦閃爍著微弱黃銅色與象牙白，然後它就不見了——消失無蹤！除了油燈，桌上一片空蕩。

大家沉默一分鐘。後來菲爾比說自己眞是該死。

心理學家回過神來，趕緊查看桌子底下。時間旅人這時笑得很開心。

「沒問題吧？」他學心理學家的話說。他起身走向壁爐架上的菸草罐，背對我們開始往菸斗裡塞起菸草。

我們面面相覷。「我說，」醫生問道，「你是認眞的嗎？你眞的相信那機器已經穿越時間？」

「當然，」時間旅人說。他彎腰到爐火前點著紙捻兒，然後轉身點燃菸斗，眼睛直盯心理學家的臉。（心理學家爲了故作鎮靜，自己拿起一根雪茄，還沒剪口就試圖點燃[1]。）「除此之外，我在那裡還有一台接近完成的大機器，」——他指向研究室——「當它組裝完畢後，我打算自己來一趟旅行。」

1 通常手工雪茄有封口，需要剪口才能抽。

「你是說那個機器已經到了未來?」菲爾比說。

「進到未來或者回到過去——我不確定是哪個。」

隔了一會兒,心理學家有了靈感。「若說它去了什麼地方,那一定是回到過去。」他說。

「爲什麼?」時間旅人說。

「因爲,假設它沒在空間中移動,如果進到未來,那麼它應該一直都在這裡,因爲它必須沿著現在這條時間線移動。」

「可是,」我說,「如果它回到過去,我們一進房間就應該看到它,還有上星期四我們在這裡的時候,還有上上星期四,依此類推!」

「有力的反駁,」地方首長評論說,他朝時間旅人擺出一臉公正的模樣。

「一點也不,」時間旅人說,然後轉向心理學家,「你想想看。你可以解釋。這是未達臨界值的表象,你知道的,一種稀釋的表象。」

「當然，」心理學家說，並且向我們保證。「這是心理學上一個簡單的問題，我早該想到。這並不難，有助於解開眼前的弔詭。我們看不到它，也無法欣賞這機器，就像我們看不到旋轉時的輪輻，或是飛過空中的子彈。如果它以比我們快五十倍或一百倍的速度在時間中移動，如果它的一分鐘是我們的一秒鐘，那麼它給我們的印象當然就是移動前的五十分之一或百分之一。這夠簡單了。」他用手揮一揮原本機器所在的地方。「懂了嗎？」他笑著說。

我們坐在那兒，瞪著空蕩蕩的桌子一會兒。此時，時間旅人問我們如何看待這一切。

「今晚聽起來好像有道理，」醫生說，「但要等到明天。等明天早上恢復理智再說。」

「你們想看時間機器的本尊嗎？」時間旅人問。他隨即拿起油燈，帶領大家走過通風良好的長廊到研究室去。我仍清楚記得那搖曳的燈火，他那古怪寬闊腦袋的剪影，晃動的人影，還有大家困惑但又不願輕信地跟在後面，以及在那研究室裡見到的情景，我們目睹了才從大家眼前消失的那台小機器的更大版本。有些零件用鎳製成，有些是象牙做的，還有些是用水晶石或銼或鋸製造出來。機器已經大致完工，但幾根扭曲的水晶棒尚未修整，放在長凳上的幾張圖紙旁，我拿起一根好好觀察一番。似乎是石英材質。

「我說，」醫生問道，「你是完全認眞的嗎？或者只是個把戲——就像去年耶誕節你給我們看的鬼東西？」

「坐上這台機器，」時間旅人說，同時高舉手中油燈，「我要去探索時間。夠清楚了嗎？我這輩子從沒這麼認眞過。」

我們沒人知道該如何理解他這句話。

我越過醫生肩膀跟菲爾比四目相對，他嚴肅地對我使了個眼神。

第三章　旅人歸來

我認爲在那時候，我們沒一個人完全相信時間機器。事實上，時間旅人就是那種聰明到讓人難以信任的人；你從不覺得可以看透他，總是懷疑他有所保留，在那直率坦白的背後藏著某種獨特想法。

如果是由菲爾比來展示模型，並用時間旅人的話語解釋這事，我們應該不會對他抱持那麼深的懷疑態度。因爲我們可以看穿他的動機，一個賣豬肉的都可以把菲爾比摸透。但突發奇想絕非時間旅人的特質，而我們也不相信他。能讓一個沒那麼聰明的人變得聲名大噪的事，到他手上似乎只是小把戲。事情太容易解決反倒是個錯誤。那些嚴肅看待他的人從不完全相信他的言行，他們似乎察覺到，賭上自己判斷力的名聲去信任他，就像拿薄如蛋殼的瓷器去裝潢托兒所一樣自找麻煩。所以我認爲那個星期四到下個星期四之間，我們誰也沒多談時間旅行這回事，但毫無疑問的，它古怪的可能性在多數人腦海裡直打轉：聽起來貌似合理，實際上又難以置信，還有跨越時代與其引發的巨大混亂，種種可能令人好奇。就我而言，特別惦記著那模型的把戲，還記得星期五在林奈遇見醫生時才跟他討論過。他說自己在圖賓根[1]曾看過類似的事，還特別強調吹熄蠟燭這一幕。但把戲到底怎麼做到的，他無法解釋。

接來的星期四，我又去了里奇蒙——我猜自己是時間旅人最常邀請的客人之一——由於到達時間晚了，發現四、五個人已經聚集在客廳。醫生

1 圖賓根（Tübingen）為德國一座城市。

站在壁爐前，手上拿著一張紙，另一手拿著他的錶。我張望了一圈要找時間旅人，此時——「現在已經七點半了，」醫生說。「我想我們最好開始用餐了？」

「沒看到……？」我說出我們主人的名字問。

「你剛到？真是怪事，他被耽擱了。他在這張便條上說，如果七點鐘時他沒回來，要我帶大家開始用餐。還說他回來會解釋。」

「讓晚餐放到壞掉似乎有些可惜。」知名報社的編輯說，於是醫生搖了搖鈴。

除了醫生之外，參加過上次餐會的只有心理學家和我。其他人包括前面提到的編輯布蘭克，還有一名記者，以及一位沉默內向、留鬍鬚的男子，這人我不認識，就我觀察，他整個晚上都沒開口說話。用餐時，大家猜測時間旅人被耽擱的原因，我半開玩笑提到時間旅行。編輯要求解釋給他聽，心理學家自告奮勇，平鋪直敘地描述了上個星期的這天，我們目睹那場「精心安排的弔詭把戲」。他敘述到一半時，通往走廊的門悄然無聲慢慢打開。我面對那扇門，所以第一個看到。「你好！」我說。「終於回來了！」門開得更大，時間旅人站在大家面前。我發出一聲驚呼。「天啊！先生，怎麼回事？」醫生高聲說，他是第二個看到的人。接著整桌人轉向那扇門。

他顯得狼狽不堪，外套沾滿骯髒灰塵，袖子盡是綠色污漬，頭髮亂七八糟，在我看來更加灰白——若不是覆上了塵土，就是白髮變多了。他的臉極爲蒼白，臉頰有一道褐色傷疤，一道還沒完全癒合的割傷，臉上表情憔悴疲憊，好像受盡苦難。他在門口躊躇片刻，似乎被燈光照得眼花。然後他進到房間，走路一瘸一拐，就像我看過那些走到腳瘦的流浪漢一樣。我們默默注視他，等他開口說話。

他不發一語，卻吃力地來到桌前，然後指了指酒瓶。編輯倒滿一杯香檳推到他面前。一口飲盡後，他似乎提起了精神，因爲望著桌子一圈時，臉上又閃過熟悉的淺淺笑容。

「先生，你到底發生了什麼事？」醫生說。時間旅人似乎沒聽見。

「別讓我打擾到你們，」他說得有些結結巴巴，「我沒事。」

他停下來，伸出杯子要求再倒一杯，又是喝個精光。

「很好。」他說。雙眼變得更亮，臉頰恢復了些許氣色，他的眼神隱約帶著某種認可，掃視我們臉龐，然後繞著溫暖舒適的房間轉了一圈。接著他開口說話，好像還在思索該講什麼。

「我去梳洗換裝，然後回來解釋清楚……。幫我留一些羊肉，實在很想吃一些肉。」

時間旅人看著桌子另一頭的編輯，他是一位稀客，所以希望他一切如意。編輯提了一個問題。

「一會兒就告訴你，」時間旅人說。「我這模樣——太可笑了！等一會兒就好。」

他放下杯子，走向通往樓梯的門。我再次注意到他走路一跛一跛，腳步聲聽來軟綿綿。我從座位上站起來，在他出去時看到他的雙腳。腳上只穿著沾了血跡的破爛襪子。接著門就在他身後關上。我眞想跟上去表達關切，但想起他討厭別人對他大驚小怪就作罷了。一時之間，我腦裡子開始胡思亂想。後來，我聽到編輯這麼說：「一位卓越科學家的驚人行爲。」他又習慣性地在想文章標題。這把我的注意力帶回到明亮餐桌上。

「這是什麼花招？」記者說。「他在扮演乞丐嗎？我看不懂。」我和心理學家目光相會，從他臉上看出和我相同的解釋。我想起時間旅人疼痛地一瘸一拐爬上樓梯，不認爲其他人注意到他跛了腳。

第一個從驚訝中回過神來的是醫生，他搖了搖鈴——時間旅人不喜歡用餐時讓僕人枯等——示意上熱菜了。編輯咕噥著拿起刀叉，沉默男子緊隨其後。晚餐繼續進行，席間聊到幾件驚奇的事，大家嗓音變得喧嘩起來；一會兒之後，編輯按捺不住自己的好奇心。「我們的朋友是靠兼差來貼補他微薄的收入嗎？還是他到了失心瘋的階段？」他問。「我覺得這一定跟時間機器有關。」我接續了心理學家對我們上次聚會的描述這麼回答。新來的客人顯然都不相信，編輯高舉異議。「時間旅行到底是什麼？一個人不會在弔詭中打滾就沾得滿身灰塵，不是嗎？」接著，他突然想到誇張的說法。「未來人難道沒有衣物刷嗎？」記者也一樣，無論如何都不相信，於是加入編輯的行列，對整件事毫不費力地橫加調侃。他們都是新生代的新聞工作者——非常快活而且無禮的年輕人。「我們《展望報》特派員報導說……」記者正說者——其實是喊著——時間旅人就回來了。他穿著普通的晚禮服，除了面容依舊憔悴，其餘讓我大吃一驚的變化已經不復存在。

「我說，」編輯愉快地說，「這些傢伙講你到下個星期去旅行了！告訴我們關於小羅斯伯里[2]的事，可以嗎？你要帶給大家什麼故事？」

時間旅人一言不發走到爲他保留的座位。他靜靜笑著，還是那老樣子。「我的羊肉呢？」他說。「又可以拿起叉子叉進肉裡眞是一種享受！」

「故事！」編輯喊道。

「故事個鬼！」時間旅人說。「我想吃東西。直到吃飽之前，我絕不講一個字。謝謝，請把鹽遞過來。」

「就講一句，」我說。「你去時間旅行了嗎？」

「是的。」時間旅人點點頭說，他嘴裡塞滿食物。

「我願出每行字一先令的代價買下詳細記錄。」編輯說。時間旅人把

2羅斯伯里伯爵（The Earl of Rosebery，1847-1929），英國自由黨政治家，曾任英國首相。

杯子推向沉默男子，用指甲敲響玻璃杯；一直盯著他看的沉默男子嚇了一跳，趕緊爲他倒酒。接下來的用餐氣氛不怎麼自在。就我而言，心裡想到的問題不時冒到嘴邊，我敢說其他人也一樣。記者想緩解緊繃氣氛，講了一些關於海迪．波特[3]的軼事。時間旅人專心吃自己的晚餐，胃口大得像個流浪漢。醫生點燃雪茄，瞇起眼睛看著時間旅人。沉默男子似乎變得比平常更笨拙，因爲緊張而不斷拿起杯子喝一口香檳。時間旅人最後將餐盤推開，環視我們。

「我想我必須道歉，」他說。「我只是餓壞了。我才度過一段最驚人的時光。」他伸手拿了一根雪茄，剪開尾端。「不過還是去吸菸室吧。故事太長了，坐在油膩膩的盤子前說不完。」他順手搖了搖鈴，然後帶領大家到隔壁房間。

3 海迪．波特（Hetty Potter）是一九〇〇年代的一位英國演員。

「你已經把時間機器的事告訴布蘭克、戴施和喬斯？」他靠在安樂椅上對我說，講出了那三位新客人的名字。

「但那只是似是而非的弔詭。」編輯說。

「我今晚無法爭論。我不介意告訴你們故事經過，但我不想爭論。」他繼續說，「如果你們想聽，我會告訴你們發生在我身上的事，但你們必須克制，不要打岔。我很想把故事說出來，大部分聽起來像是胡扯。但事情就是這樣！它是眞的——一字一句都是眞的。我四點鐘時還在研究室，從那之後……我度過八天時間……不曾有人經歷過的日子！我現在幾乎筋疲力盡，但沒把故事告訴你們前不會去睡覺。講完了才會去睡。但不要打岔！同意嗎？」

「同意。」編輯說，其他人也附和一聲「同意」。聽我們答應之後，時間旅人開始講起我下面敘述的故事。他先是靠在椅子上，像個疲憊的人在說話，之後變得更有活力。我寫下它時只覺得有太多細節是筆墨——尤其是我的文筆——無法淋漓盡致表達出來的。我想你們會專心讀這故事，但你們無法目睹在那小盞明亮燈火下，講述者蒼白認眞的臉孔，也聽不到他語調的起伏。你們沒辦法知道他的表情如何隨著情節轉折而變化！我們這些聽者大多坐在暗影下，因爲吸菸室的蠟燭沒點起來，只有記者的臉和沉默男子膝蓋以下被照亮。起初我們不時對望彼此，一會兒之後便不再這麼做，全都只看著時間旅人的臉。

第四章　時間旅行

「我上星期曾對你們其中一些人講過時間機器的原理，並且在工作室向你們展示尚未完工的機器本身。現在它就在那裡，旅行後確實有些磨損，一根象牙桿斷裂，黃銅橫杆彎掉，但其餘部分還算完好。我原本預計上個星期五完工，但組裝接近完成時發現其中一根鎳棒剛好短了一英吋，所以必須重做；於是直到今天早上才完成。時間機器在今早十點鐘的時候首次運作。我最後拍了拍機器，再次檢查所有螺絲，石英桿多加幾滴油，然後坐到鞍座上。我那時覺得自己就像拿槍抵住腦袋想自殺的人，不知接下來會發生什麼事。我一隻手握著啓動桿，另一手握著停止桿，然後推了啓動桿，然後馬上又推了停止桿。我覺得頭暈目眩，有一種可怕的墜落感；張望四周，我看研究室依舊如常。發生了什麼事嗎？有一陣子，我懷疑被自己的智慧給戲弄了。後來我注意到時鐘。它前一刻還指在十點一分左右，現在已經指在將近三點半的地方！

「我深吸一口氣，咬緊牙根，兩手握住啓動桿，然後砰的一聲出發了。研究室變得昏暗模糊。沃切特夫人進來，她顯然沒看到我，接著走向通往花園的門。我猜她花了大概一分鐘通過這地方，但在我看來她就像一枚火箭穿過房間。我將控制桿推到底，夜晚來得像關燈一樣快，下一刻就到了隔天。研究室變得更爲暗淡朦朧。隔天的夜晚來臨，接著又是白天，又是夜晚，又是白天，速度愈來愈快。耳中充滿如漩渦般的潺潺聲，意識突然變得莫名的困惑遲鈍。

「我恐怕無法清楚表達時間旅行的種種特殊感受。那是非常不舒服的感覺，簡直就像坐雲霄飛車——只能無助地往前衝！我還有即將撞個粉身碎骨的恐怖預感。當我加速後，日夜相繼就像黑色翅膀在拍動。模糊的研究室似乎即將從我身旁消失，我看到太陽快速掠過天空，每分鐘掠過一次，而這一分鐘代表過了一天。我想研究室已經毀壞，我來到開闊天空下。我有隱約看到搭鷹架的印象，但速度已經快到無法察覺任何移動的東西，連爬行最慢的蝸牛在眼前也是一閃而過。日夜交替的明暗閃爍讓眼睛極爲疼痛。此外，在間歇的夜空中，我看到月亮圓缺變化迅速劃過天際，還依稀瞥見四周圍繞的星辰。不久，隨著我繼續加速前進，日夜跳動融合成持續的一片灰，天空變成不可思議的深藍色，就像燦爛的晨光色彩。掠過的太陽變成一道火線，在空中形成輝煌的拱門，月亮變成一條暗淡飄動的彩帶。我看不出任何的星辰，只在藍天中不時見到一圈比較亮的光環。

「地貌看來模糊不清。我仍處於這房子座落的山坡上，灰濛山肩矗立在身旁。我看到樹木就像噴起的水蒸氣般迅速生長，一會兒褐色，一會綠色；它們長高，茂盛，飄零，枯萎。我隱約見到許多龐然建物升起，又像幻影般消失。地表似乎變得不一樣了——一切都在我眼前融化流動。表盤上顯示速度的小指針轉得愈來愈快。不久，我注意到那條太陽形成的光帶上下搖擺，不用一分鐘就從夏至到冬至，結果一分鐘就走超過一年；隨著時間分分秒秒過去，白雪紛飛又消失，接著是春天短暫的亮綠色。

「剛開始不舒服的感覺現在變得沒那麼嚴重，最後融合成一種異常興奮的喜悅感。實際上，我察覺機器有無法解釋的不規則晃動，但我的意識混亂到顧不了這麼多，所以帶著心中不斷湧起的瘋狂，直直奔向未來。起初沒想到要停下來，除了這些新鮮感受外沒去想任何事。但不久之後，一連串新想法在腦海中生成——某種好奇，以及伴隨的某種畏懼——直到最後它們完全佔據心頭。我在想，人類到底進化成什麼模樣，我們文明發展到怎樣階段，眼前世界疾速變化，朦朧得難以辨認，就算仔細瞧也看不出所以然！我看到雄偉壯觀的建築在身旁升起，規模比我們這時代的任何建築都還要大，然而它就像建在迷濛的霧靄中。我見到更濃鬱的綠色淹沒山坡，停留在那兒，沒有穿插任何冬天景色。即使是透過一層混亂的面紗，地球看起來似乎非常美好。於是我開始想到要停下來。

「停下來的特殊風險是我可能發現自己或機器佔據的空間有實體存在。只要我高速穿越時間，這幾乎沒有影響，可以說我變稀薄了——就像一股蒸氣，從交錯的物體空隙間溜過去！但若是停了下來，就可能把我身上每個分子塞進擋在路上的東西裡面；這意味著我的原子會跟那物體的原子緊密接觸，產生強大的化學反應，也許是一個大爆炸，結果把我和機器炸到所有可能維度之外，進入未知領域。我在製作這台機器時，腦海裡一再浮現這種可能性，但我後來欣然接受它是不可避免的風險——人們必須承擔的風險之一。現在風險就在眼前，我不再像之前那樣樂觀。事實上，在不知不覺中，每件事的不可思議，以及機器軋軋作響和晃動，最重要是長時間下墜的感覺，已經完全弄得我心煩意亂。我告訴自己絕對不可以停下來，但一氣之下我又決定要立刻停下。我像個不耐煩的傻瓜，使勁拉回控制桿，機器失控開始翻轉，我被往前拋到空中。

「耳中傳來一聲雷響。我也許昏迷了一會兒。無情冰雹在身旁嘶嘶落下，我坐在翻倒的機器前一塊柔軟草地上。每樣東西看來似乎都灰濛濛的，但我注意到耳中混亂聲響已經消失。我看了看四周，自己似乎是在一處花園的草坪上，旁邊圍著杜鵑花叢，還看到紫色花朵被冰雹打得紛紛掉落。彈跳飛舞的冰雹如同簾幕般掛在機器上方的一小片雲下，像一團煙霧沿著地面前進。我全身瞬間濕透。『對一個穿越無數歲月前來拜訪的人而言，』我說，『好個待客之道。』

「我立刻想到這樣淋濕太傻了。我站起來四下張望。有一尊龐大的雕像，應該是用某種白色石頭刻成的，在滂沱大雨中隱約矗立在杜鵑花後方。除此之外看不到這世界的其他東西。

「我的感受很難描述。當冰雹變得沒那麼密集，白色雕像就看得更清楚了。它非常龐大，因爲一棵白樺樹只到它肩膀的高度。雕像是大理石刻成，造形就像有翅膀的獅身人面像，但翅膀不是收在兩側，而是如同翱翔般伸展開來。基座看來像是青銅，表面有一層厚厚的銅綠。雕像臉部剛好朝著我，無神的雙眼似乎在注視我，嘴唇有一抹淺淺微笑。它飽經風吹雨打，給人一種不舒服的病態感。我站在那兒端詳一會兒——也許有半分鐘，或者半小時。它看起來似乎隨著前方冰雹的疏密變化在前進後退。最後我把視線從它身上移開，看到冰雹簾幕有了破洞，天空逐漸變亮，代表即將放晴。

「我再次抬頭看著那蹲伏的白色塑像，突然覺得自己這趟行程非常魯莽。那層霧濛濛的冰雹簾幕完全拉開後會出現什麼？還有什麼事不可能發生在人類身上？若是人們都變得殘忍成性？若是經過這些歲月，這種族已經失去人性，發展成非人的模樣，冷酷無情，兇猛無比？我也許看來就像古老世界的一頭野獸，因爲和他們有太多相似之處而更讓人感到害怕與噁心——一個忍不住要殺死的醜陋動物。

「我看到其他龐然大物——巨大建築有著錯綜複雜的護欄和高聳的圓柱，樹木茂密的山坡在逐漸轉弱的暴風雨中隱約向我逼近。一陣驚恐席捲而來，我立刻轉身跑向時間機器，使盡力氣想把它翻正。就在這時，陽光穿破大雷雨，灰色雨幕被掃向一旁，如同鬼魂拖曳的長袍般消失了。頭頂上是湛藍的夏日天空，幾片稀薄的褐色雲彩跑得無影無蹤。在我四周的巨大建築變得清晰可見，雨水淋濕的外觀閃閃發亮，沿路堆積尚未融化的冰雹將它們襯托得更加潔白。我覺得在這陌生世界無力自保，也許就像晴空中的一隻鳥，知道老鷹就在頭頂，隨時會猛撲過來。我的恐懼升到極點。我喘息一下，咬緊牙根，手腳並用，再次猛力搬動機器。它抵不住我使勁一推，終於翻正過來，還狠狠撞了我的下巴。我一手扶著鞍座，另一手抓著控制桿，氣喘吁吁地擺好重新登上機器的姿勢。

「但我從匆忙撤退中恢復了神智，也找回自己的膽量。我帶著更多的好奇和更少的畏懼，看著遙遠未來的這個世界。在附近房子高牆上的一個圓門裡，我看到一群人穿著華麗柔軟的長袍。他們已經看到我，臉孔朝向我這邊。

「然後我聽到話語聲向我接近。許多人奔跑穿過白色獅身人面像旁的樹叢，其中一人出現在小徑上，走向我和機器所在的草坪。他是個矮小的傢伙——也許只有四英尺高——穿著紫色短袍，腰間束了一條皮帶。腳上穿的是涼鞋還是靴子我看不清楚，雙腿裸露到膝蓋，頭上沒戴帽子。此時我才第一次注意到天氣有多溫暖。

「他給我的印象是一個非常漂亮優雅的人，但虛弱得難以置信。他泛紅的臉孔讓我聯想到氣色紅潤的肺病患者——就像我們過去常聽到的熱病美人。一看到他這模樣，我突然重拾自信，把手從機器上移開。」

第五章　黃金時代

「轉眼間，我和這來自未來世界的脆弱傢伙面對面站著。他直接向我走來，一臉笑容看我眼睛，沒表現出任何畏懼，當下讓我感到十分訝異。然後他轉向跟在身後的兩人，用一種陌生但非常悅耳的捲舌音跟他們說話。

「其他人也過來了，不久就有八到十個這樣精緻的小人圍繞在身邊，其中一人向我打招呼。說也奇怪，我突然想到自己的嗓音對他們來說也許太粗糙、太低沉了。於是我搖搖頭，用手指自己耳朵，再搖搖頭。他向前一步，稍微遲疑，然後觸碰我的手。我感覺到其他柔軟的小手摸了我的背和肩膀，他們要確認我是不是眞的。他們這麼做完全沒讓我擔心，實際上這些漂亮小傢伙的某樣特質讓我有十足把握——一種溫文儒雅、天眞悠閒的特質。此外，他們看起來實在太脆弱，我自認可以像玩保齡球般一次打倒他們十幾個。但我看到他們粉紅小手觸摸時間機器時，立刻做出警告動作。幸好還來得及，這讓我想到一直忽略的風險，於是把手伸過橫杆，轉下啓動機器的小控制桿，將它們放進口袋。然後我又轉過身去，看能透過什麼方式交流溝通。

「這時，我更仔細觀察他們的容貌，在那猶如德勒斯登瓷器的美麗外表上看出更多特徵。他們一律都是捲髮，在脖子和腮幫子的地方切齊，臉上一根汗毛都沒有，而且耳朵特別小。他們有著亮紅色的薄唇小嘴，下巴又小又尖，眼睛大而柔和，還有——也許這麼說有些自負——我覺得即使如此，他們依然不及我所期望的那麼有趣。

「他們並沒有嘗試與我溝通，只帶著微笑站我身旁，輕聲低語彼此交談，於是我開始對話。我指了指時光機器和自己。接著猶豫片刻，不知要如何表達時間，我指著太陽。一個穿紫白方格子衣服的漂亮小傢伙立刻跟著我的手勢，模仿打雷的聲音，讓我吃了一驚。

「儘管他表達的意思夠明顯，我一時愣住了。腦子裡突然想到一個問題：這些人是傻子嗎？你也許很難理解我爲什麼這麼想。你要知道，我總預期八十萬兩千多年後的人們，在知識、藝術和各個方面應該都遠遠超過我們。然而他們其中有人突然問我一個問題，表現得就像我們五歲小孩的智力——居然問我是不是在大雷雨中從太陽那邊下來的！原本對他們的衣著、纖細無力的四肢和虛弱的體態無從判斷，現在也就釋懷了。失望情緒湧上心頭，我一時覺得建造時光機器眞是白費功夫。

「我點點頭，指著太陽，唯妙唯肖模仿一聲霹靂巨響，把他們嚇了一跳。他們全都退後一步躬身行禮，有一個人笑著向我走來，手上拿著一圈從沒見過的漂亮鮮花套在我脖子上。這主意獲得一片悅耳的讚許聲，他們立刻跑來跑去摘鮮花，嘻笑中把花向我扔過來，直到我快被花朵淹沒。你們沒見到那場面，幾乎無法想像經過無數歲月的文化所培養出嬌貴美麗的花朵。有人建議要把他們的玩物帶到最近的那座建築裡展示，於是我被引導走過白色大理石的獅身人面像前，它好像面帶微笑看著滿臉吃驚的我，然後大夥走向一座非常巨大、佈滿蝕痕的灰色石造建築。當我跟著他們走時，想起之前預料見到的一定是沉著嚴肅而且充滿智慧的人類後裔，心裡便忍不住偷笑起來。

「這房子有個很大的入口，整座建築佔地十分廣闊。我最留意的自然是越聚越多的小人，還有許多幽暗神秘的門在我眼前敞開。我從他們身後看到的這世界，整體印象是一個充滿美麗花朵與灌木叢的雜亂荒地，一個棄置已久但沒雜草的花園。我看到幾枝高大花梗，上面長著奇怪的白色花朵，亮白花瓣大約有一英尺寬。它們散布在斑爛的灌木叢中，就像野生的一樣，但如同我所說，這時候沒閒功夫去細看這些花。時間機器還被遺留在杜鵑花包圍的草坪上。

「入口拱門上刻了許多東西，我沒湊近觀察那些雕刻，但覺得走過去時好像看到古老腓尼基人的裝飾圖案，令我吃驚的是它們被風化侵蝕得非常嚴重。幾個穿著更爲光鮮亮麗的人在門口迎接我，於是大家進到屋內，我穿著一身十九世紀的破舊衣服，看起來有夠奇怪，脖子上還戴了花圈，四周圍繞著大群人，他們穿著色彩明亮柔和的長袍，四肢光亮白皙，沉浸在一片悠揚的歡笑言談中。

「大門通往一個與它相稱的大廳，裡面掛著棕色布幔。屋頂處在陰影中，有些窗戶裝了彩色玻璃，有些沒上色，讓屋內光線顯得柔和。地板是用非常堅硬的白色金屬製成巨大塊狀鋪設而成，既非薄片也不是厚板，就是金屬塊，而且磨損非常厲害，據我判斷，應該是過去世世代代在上面來回走動，常走的地方都磨成深溝了。大廳裡橫放著無數個打磨石板製成的桌子，桌高大約一英尺，上面放著成堆的水果。有些我認得出是某種碩大的莓果和柳橙，但大部分水果都沒見過。

「石桌之間散布著許多座墊，帶我來的那些人坐到墊子上，示意我也坐下來。他們毫不客氣地開始用手拿水果吃，將果皮和果梗之類的扔到桌旁圓坑裡。我很樂意學他們這樣做，因爲我覺得又餓又渴。當我這麼做時，抽空環顧了大廳。

「也許讓我最感驚訝的是大廳殘舊的模樣。窗子玻璃滿是污痕，看去就像一幅幾何學圖形，還有許多破碎的地方，掛在下端的巨大窗簾蒙上厚厚一層灰。我注意到靠近我的大理石桌有個角落破裂了。然而，整體印象是極爲富麗堂皇。大廳裡也許有幾百人在用餐，大部分人都盡量坐到靠近我的位置，興趣盎然看著我，眼神閃亮地吃著水果。他們穿的都是柔軟堅韌的絲綢布料。

「順便一提，他們所有的食物就是水果。這些遙遠未來的人們是嚴格素食者，當我跟他們在一起時，儘管仍有吃肉的慾望，也只能以果實填飽肚子。實際上，我後來發現馬、牛、羊和狗都步上恐龍的後塵滅絕了。但這些水果非常可口，特別是有一種我在的時候正值盛產期的水果——有三角外殼的粉質果實——尤其好吃，我把它當做主食。起初我對這些陌生的水果和所見到的奇怪花朵感到困惑，後來開始搞懂它們的意涵。

「不過，現在要跟你們講的是我在遙遠未來吃水果餐的情形。當我稍微填飽肚子時，立刻決定要努力嘗試學習這些陌生人的語言。這顯然是接下來該做的事。從水果開始學起似乎滿合適的，我拿起一個水果，比畫手勢發出一連串疑問聲，但在表達意思上有很大的障礙。起初我的嘗試換來眾人一臉驚訝的注視和無法抑制的笑聲，但一會兒之後有個金髮小傢伙似乎懂我意思，答覆了一個名字。他們彼此間呱噪地談論起這件事，而我第一次嘗試發出他們語言中精緻的短音時，引來一陣失禮的哄堂大笑。然而，我覺得自已像在一群孩子中的老師，堅持不懈，不久就學會至少二十幾個名詞；接著我學會指示代名詞，甚至還有『吃』這個動詞。但這很花時間，小人們很快就感到厭倦，想要迴避我的詢問，於是我不得不決定讓他們在願意教的時候一次學一點。我沒過多久發現學到的還眞是少，因爲從沒見過像他們這樣懶散、這麼容易疲倦的人。」

第六章　人類沒落

「關於這些小東道主們，我很快就發現一件怪事，他們對事物興趣缺缺。他們會像孩子般驚訝呼喊，帶著熱情跑來我身邊，但不用多久便停止對我的研究，慢步離開找別的消遣。晚餐以及由我開啓的交談結束後，我第一次注意到最早圍繞身旁的那些人幾乎已經走光。奇怪的是，我也很快便不再理會這些小人們。我吃飽後走出大門，重新回到到陽光普照的戶外。我不斷遇到更多未來世界的人，他們會跟著走一小段路，彼此對我的事又談又笑，然後面帶微笑朝我比個友好的手勢就離開，撇下我和我的機器。

「我從大廳出來時，寧靜的黃昏已經籠罩這世界，落日餘輝照亮眼前景色。起初，一切都讓我感到困惑。每樣東西都和我熟知的世界截然不同——甚至是花朵。我離開的巨大建築座落在一個寬廣河谷的斜坡上，不過泰晤士河也許已經偏離它現在位置一英里遠。我決定登上一處山頂，距離大概有一英里半，從那兒有更開闊的視野，可以觀察我們星球在西元八〇二七〇一年是什麼模樣。我該解釋一下，那年代是我機器上的小表盤記錄下的日期。

「我一邊走著，一邊留意任何有助於解釋眼前情況的印象，我發現這世界是個壯麗的廢墟——它真的就是廢墟。比如說，在山上不遠的地方，有一大堆用大量鋁材黏合起來的花崗岩，陡峭牆壁和皺巴巴石堆形成了巨大迷宮，迷宮裡長著一叢叢濃密如寶塔般的植物——也許是蕁麻——葉子是非常漂亮的棕色，而且不刺人。這地方顯然是某個龐大建築物的廢棄遺跡，為何而建就無從得知了。正是這裡，我在日後有段非常古怪的經歷——預先在此提示將有更奇特的發現——不過到時候再講。

「我到一處平臺稍作休息，四處張望時突然想到，我發現眼前沒有任何小型住宅。顯然獨幢房屋，甚至可能連家庭都消失了。綠色植物間到處都是宮殿般的建築，然而我們英國景觀中特有的房屋與農舍都不見蹤影。

「『共產主義。』我自言自語。

「緊接著又發現另一件事。我看著跟在身後的五、六個小傢伙，猛然察覺到他們都穿同樣服裝，臉孔都是柔和沒汗毛，四肢都像女孩般渾圓。也許你們會覺得奇怪，我之前居然沒注意到，但實在是一切都太不可思議了。現在，我可以把他們瞧個清楚。除了從衣服紋理和行為舉止的差異可以區分性別，這些未來的人們全都一個模樣。在我看來，小孩只不過是他們父母的縮小版。於是我認為那時候的小孩應該非常早熟，至少身體上是如此，而且我後來發現大量證據支持這想法。

「看這些人的生活悠閒安定，我想這種性別相似的情況畢竟是可預期的，因為男人的力氣、女人的溫柔、家庭制度和各自居住，只在講求體力的時代為了拚搏才有需要。當人口達到平衡而且充裕時，過度生育對國家變成壞事而非好事。當一個地方鮮少有暴力，子孫生活也安全無虞，其實不太需要——根本就不需要——實質的家庭，也沒必要考慮後代需求而在性別上做區分。甚至在我們這年代都開始有這現象，到那未來年代便完全改觀了。必須提醒你們，這是我在當時的想法，後來我才體會到它離現實有多遠。

「當我默想這些事情的時候，注意力被一個圓頂下類似井的漂亮小結構給吸引，霎時想到現在還有井的存在眞是稀奇，然後又回到剛才的沉思。前往山頂的方向沒有大型建築，再加上我的行走能力明顯具有優勢，不久之後便首次沒人在周圍打擾。懷著奇妙的自由感和探險精神，我努力走上山頭。

「我在山頂發現一張椅子，材質是我無法辨認的黃色金屬，許多腐蝕的地方呈現粉紅鏽斑，椅子半埋在柔軟的苔蘚裡，扶手被鑄造銼磨成獅鷲頭的造型。我坐上椅子，在歷經漫長一天後的夕陽下，眺望我們舊世界寬闊的視野。這是我所見過最好看、最美麗的景色。太陽已經下山，西邊天際閃耀著一片金黃，點綴幾道紫色與深紅的水平條紋。底下是泰晤士河谷，谷中河水就像一條光亮的鋼帶。我之前提過散布在斑爛綠樹叢中的巨大宮殿，有些已成廢墟，有些還有人住。在這廢棄花園的世界裡，到處樹立著白色或銀色雕像，也到處都有高聳的圓頂或尖塔。這裡沒有籬牆，沒有私有產權的標誌，也沒有農耕跡象，整片大地變成一座花園。

「所以注意了，我開始說明自己見到的事情，就那天晚上它們呈現的樣貌來說明。（後來我發現自己只看到事實的一半——或者說只瞥見事實的一個面向。）

「在我看來，我正好遇上走向衰敗的人類。紅色的日落讓我想到人類的沒落。我第一次開始了解到，我們現在從事的社會努力將導致奇怪的結果。然而，仔細想想，這是合乎邏輯的結果。力量是需求的產物，安定助長了衰弱。改善生活環境的工作——也就是讓生活更加安定的文明化過程——穩健走向極致。人類聯手一次又一次戰勝大自然。目前僅視爲夢想的事，後來變成愼重投入與推動的計畫。我所看到的就是成果！

「畢竟，現今的環境衛生和農業耕作仍處於起步階段。我們這時代的科學只征服了人類疾病的一小部分，但即便如此，它仍非常穩定而持續地擴張運作。我們的農業和園藝只是到處消滅野草，也許培育了一些有益的作物，但他們仍需更多奮鬥讓這兩方面達到平衡。我們逐步透過選育來改良自己喜好的動植物，但它們少得可憐；一會兒是更好的新品種桃子，一會兒是無子葡萄，一會兒又是更香更大的花朵，然後是更方便飼養的牲口。我們逐步改良它們，因爲我們的理想是模糊而暫時的，我們的知識非常有限；同時也因爲大自然在我們笨拙的雙手裡顯得畏縮遲緩。這一切總有一天會變得更有系統，越來越好。儘管會碰上亂流，但這是潮流趨勢。整個世界將會變得有智慧，有教養，通力合作；事情發展得越來越快，朝向征服大自然邁進。最終，我們聰明謹慎地重新調節動植物的生命平衡，以符合我們人類的需求。

「我說的這種調節必然已經完成，而且做得還不錯。其實這種調節是在時間過程中完成的，在我機器跳躍過的時間之中。空中沒有蚊蠅，地上沒有野草或腐菌，到處都是水果和鮮美的花朵，彩蝶四處飛舞。預防醫學的理想已經達成，疾病已被撲滅，我逗留的期間沒看到任何傳染病的跡象。我稍後必告訴你們，甚至腐化和枯萎的過程都深受這些改變的影響。

「社會成就也受到影響。我看到人類住在富麗堂皇的棲身之所，衣著華麗，目前爲止沒見過他們從事任何辛苦勞動。那裡沒有爲生活拚搏的跡象，無論社會上或經濟上的拚搏都沒有。構成我們世界主體的商業行爲，包括商店、廣告和貿易都已消失。在那金光燦爛的傍晚，若說我該想到的是一個群居天堂也不為過。我猜他們曾遇上人口過剩的問題，但現在已經停止增長。

「不過隨著生活環境改變而來的，必然是去適應改變。除非生物科學都是胡說，否則是什麼促進了人類的智慧與活力？當然是艱困與自由，在這種環境下，唯有積極靈巧的強者可以存活，弱者只能靠邊站；也是在這樣環境下，更重視有能力的人齊心合作，更講究自我克制、耐性和決心。家庭制度以及出自其中的情感，包括強烈的愛慕、對子女的溫柔以及父母的自我奉獻，全都在年輕一代面臨迫在眉睫的危機中找到正當理由維持下去。現在，哪有迫在眉睫的危機？人們興起一種情操，並且不斷增長，它反對夫妻間的愛慕、強烈的母愛和各種激情，那些都是目前不需要的東西，還讓人們感到不自在，那是野蠻時代的遺風，和精緻舒適的生活不協調。

「我想到他們纖細的身軀，缺乏智慧，還有那些大量的廢墟，更讓我堅信人類完美征服了自然。因爲與大自然搏鬥之後出現了一片平靜閒適。人類曾經強大，活力充沛而有智慧，用盡他豐富的生命力去改變生活環境。現在則是改變環境後隨之而來的反應。

「在完全舒適安逸的新環境下，那種精力旺盛的能量，也就是我們的力量，將會變成弱點。即使在我們這時代，某些傾向和慾望一旦成爲生存必要條件，總會變成失敗的根源。例如，粗野的膽量和對戰爭的熱愛，對一個文明人而言並沒有幫助，甚至可能是障礙。在身體健康和安全無虞的狀態下，智力和體力都會失調。我判斷這裡長久以來都沒有戰爭的危險或暴力事件，沒有野獸侵擾，不需增強體力去抵禦疾病，不需辛苦勞動。在這種生活下，我們所說的弱者就和強者具備同樣的能力，實際上不再是弱者。其實他們的條件更好，因爲強者會被一股無從發洩的活力困擾著。我看到的那些精緻漂亮建築，無疑是人類毫無目標的能量最後湧現的成果，直到它在所處環境中完美和諧地安頓下來——一場華麗的勝利開啓了最後的太平盛世。活力在安定之下的命運一向如此，它會投向藝術與情色，然後變得沉悶而衰敗。

「即便這種藝術上的動力也終將逐漸止息——在我看到的這時代幾乎已經消失。用鮮花裝飾自己，在陽光下唱歌跳舞，這是他們僅剩的藝術興致，沒有更多，甚至到最後會變成無所事事的自我滿足。我們一直在煩惱與需求的這塊磨石上被折騰哀號，依我來看，現在這可惡的磨石終於被打碎了！

「我站在越來越黑的夜色裡，認爲自己用這簡單的解釋掌握了眼前世界的問題——掌握了這些有趣人們的全部秘密。也許他們爲了抑制人口而發明的節育方法太成功了，他們的人口不是保持穩定，反而是減少。這就說明了爲什麼有那些遺棄的廢墟。我的解釋非常簡單，聽起來似乎也有道理——就像大部分錯誤的理論一樣！」

第七章　意外衝擊

「我站在那兒沉思著人類過於完美的成就時，一輪黃澄澄的大滿月從東北邊泛白天空升起。山下的小人們停止活動，一隻貓頭鷹無聲無息飛過，我在涼颼颼的夜晚冷到發抖，於是決定下山找地方睡覺。

「我尋找那棟自己認得的建築。這時我把視線移往青銅基座上的白色獅身人面像，它在愈加明亮的月光下顯得更清晰，還看得到擋在前面的那棵白樺樹。然後是糾結的杜鵑花叢，在灰白夜色下看來一團漆黑，再來是那塊小草坪。我又看了看草坪，一股難以置信的疑惑讓我心都涼了。

『不，』我心裡喊著，『不是那塊草坪。』

「但的確是同一塊草坪，因爲獅身人面像斑駁的臉孔是朝向那邊。你能想像我確認之後心裡的感受？一定不能。時間機器不見了！

「就像臉上挨了一拳，我立刻想到可能無法回到自己年代，只能無依無靠留在這陌生的新世界。光想到這兒就讓我全身激動起來，覺得喉嚨緊繃到無法呼吸。轉眼間，我滿懷恐懼大步跑下山坡，途中還跌了個觔斗，把臉劃傷；我顧不得止住流血，立刻跳起來繼續狂奔，溫熱鮮血慢慢流下臉頰和下巴。我奔跑時不斷告訴自己：『他們只是稍微移動了機器，把它推到路旁灌木叢裡。』但我還是拚命奔跑。一路上，不時伴隨著極度恐懼的確認，我知道這種自我安慰是愚蠢的，直覺認爲機器已經被移到我搆不到的地方。我感到呼吸困難，心想從山頂到小草坪大概兩英里的距離，自己十分鐘就跑完，而我已不是年輕人。我還浪費力氣一邊跑一邊大聲咒罵，怨自己太過自信把機器留在那邊。我大聲叫喊，但是沒有回應。似乎沒人在這月光下被喚醒。

「我來到草坪時，最擔心的事情變成了事實。完全看不到機器蹤影。面對漆黑灌木叢圍繞的空地，我覺得頭暈目眩，全身發冷。我瘋狂地繞著空地跑，就像機器似乎還藏在某個角落，然後突然停下，雙手揪住頭髮。頭頂上是那獅身人面像，站在青銅基座上，白亮斑駁，矗立在逐漸升起的月光下。它似乎在嘲笑一臉狼狽的我。

「如果不是認定他們體力與智力不足，我還可以安慰自己說，這些小人們幫我把機器推到某個遮風蔽雨的地方。令我感到驚慌的是：我意識到有某種尚未察覺的力量，因爲它的介入讓我發明的機器消失了。不過我很確信一件事，除非其他年代有製造出完全相同的複製品，這機器不可能在時間中移動。上面連接的控制桿——稍後會向你們示範操作方法——已經拿掉，以免任何人在上面動手腳。它只是在空間中移動，而且被藏了起來。但是，它會在哪裡呢？

「我想自己一定陷入某種狂亂的狀態了，只記得一直在獅身人面像四周的灌木叢裡衝進衝出，嚇到一隻白色動物，在昏暗月光下我認爲是一頭小鹿。我還記得那天深夜，自己緊握拳頭猛打樹叢，直到手指關節都被斷枝劃破流血。後來，我在極度苦惱下啜泣起來，胡言亂語跑去那棟龐大的石造建築。大廳一片漆黑，寂靜無聲，空無一人。我在不平整的地板上滑了一跤，摔在一張石桌上，差一點撞斷小腿。我劃亮一根火柴，走過積滿灰塵的窗簾，這窗簾之前跟你們提過。

「我在那裡發現鋪滿墊子的第二個大廳，大約二十多個小人睡在上面。我突然從寂靜的夜晚出現，口齒不清地大聲喧鬧，手中火柴還劈啪地冒出火焰，想必他們覺得我的再次出現有夠奇怪，因爲他們早就忘記有火柴這東西。『我的時間機器在哪裡？』我像個生氣的孩子放聲大喊，開始動手把他們全都搖醒。他們一定覺得莫名其妙，有些人在笑，但大部分人看來非常害怕。我看他們圍著我站著，突然想到自己在這情況下做了最愚蠢的事，因爲這會喚醒他們恐懼的感覺。從他們白天的行爲推斷，我認爲他們必然已經忘記什麼是恐懼。

「突然間，我甩掉火柴，撞倒擋在面前的一個人，慌張地再次穿過用餐大廳，跑到戶外月光下。我聽到恐慌的驚叫聲，還有他們小腳到處奔跑跌撞的聲音。月亮緩緩升向天際，我不記得自己都做了些什麼。我認爲意想不到弄丟機器讓我失去理智。我和自己同類切斷了連繫，變成未知世界裡的一個異類，覺得眞是茫然無助。我肯定是不斷胡言亂語，哭天喊地。我還記得那可怕的疲累感，在絕望中度過漫漫長夜，在不可能的地方這裡尋那裡找，在月光下的廢墟中到處摸索，還在黑影中摸到奇怪動物，最後躺在獅身人面像附近的地上，心情惡劣地哭泣起來，甚至還對離開機器的愚蠢行爲憤怒不已，耗盡全身力氣。我除了痛苦之外一無所有。然後我睡著了，醒來時已經天亮，一群麻雀飛來周圍草地，就在伸手可及的範圍內跳來跳去。

「我在清新的早晨坐起身子，嘗試回想自己怎麼到這裡的，爲什麼有一種被遺棄的深切絕望感。後來事情在腦海中清楚浮現。在這普照的明亮日光下，我可以看清自己當前的處境。我發現自己整晚的瘋狂行爲有多愚蠢，要跟自己講講道理。『假設最壞的情況呢？』我說，『假設機器根本遺失了——或者毀壞了？這就需要我冷靜下來，耐心學習這些人的相處之道，弄清機器遺失的來龍去脈，找到途徑去取得材料與工具；也許到了最後，我可以再做一台。』那是我僅有的希望，或許希望渺茫，但總比絕望來得好。然後，這終究是個美麗而令人好奇的世界。

「但也許機器只是被搬走了。我依舊必須冷靜和保持耐心，找到藏匿的地方，或偷或搶把它拿回來。這時候我爬起來看看自己，想知道哪裡可以洗個澡。我覺得渾身疲乏僵硬，滿是塵土。清新的早晨讓我也想有個清新的身體。我已耗盡情緒。實際上，我自顧自地思索的時候，也搞不懂爲何整夜如此激動。我把小塊草坪這附近仔細檢查一遍，還盡可能向路過的小人們詢問與溝通，不過全都白費功夫。他們無法理解我的手勢，有一些人木無表情，有一些人當我在耍寶，對我嘲笑。我得使盡全力忍住，別去揍他們漂亮的笑臉。這衝動極愚蠢，但在恐懼與莫名怒火醞釀下的心魔難以駕馭，依舊想要趁機脫韁而去。倒是草坪給了我比較好的忠告。我發現草地上有一道溝痕，大約就在獅身人面像基座與我到達時努力翻正機器留下的足跡中間。那裡還有其他搬移東西的痕跡，有一些奇怪的狹窄腳印，我猜就像樹懶留下的模樣。這讓我更加注意基座。我應該說過，基座是青銅做的。它不只是單純銅塊，兩側還有當做裝飾的深框鑲板。我過去敲了敲鑲板，發現基座是中空的。仔細檢查鑲板，我發現鑲板和邊框沒有連接在一起。鑲板上沒有門把或鑰匙孔，但如果鑲板是門的話，我猜可能是從裡面開啓。有一件事對我來說夠明白了，不用花太多腦力就能推斷我的時間機器是在基座裡面。但它怎麼會到那裡又是另一問題。

「我看到兩個穿橘色衣服的人穿過灌木叢，從幾棵開滿花的蘋果樹下朝我走來。我轉身朝他們微笑，示意他們過來。他們過來後，我指著青銅基座，嘗試表達我想打開它。但一看到我手指著基座，他們表現得非常古怪。我不知如何描述他們的表情，你們可以想像對一位心靈嬌弱的女士比出非常不雅的手勢，她看起來就是那表情。他們像是受到極大侮辱般掉頭就走。我對下一個穿白衣服的漂亮小傢伙做同樣嘗試，結果反應完全一樣。不知什麼緣故，他的態度讓我感到很難爲情。但你們知道，我想找回時間機器，所以又試著對他比劃了一次。當他像其他人掉頭就走時，我的脾氣上來了。我跨大三步追上他，抓住脖子附近長袍寬鬆的地方，開始將他往獅身人面像那邊拖過去。後來我在他臉上看到驚恐和厭惡，就立刻鬆手放他走。

「但我仍沒放棄，用拳頭砰地搥打青銅鑲板。似乎聽到裡面傳出騷動的聲音——正確來說，我認爲是咯咯笑聲——但我一定是聽錯了。然後我從河邊撿來一顆大卵石用力敲，直到裝飾的花紋都被敲平，片狀銅綠紛紛落下。嬌弱的小人們肯定都聽到我一陣猛搥的聲音，左右一英里外都聽得到，但什麼都沒發生。我看到許多人在山坡上偷偷觀望。最後，我敲到又熱又累，就坐下來監視這地方。但我沒耐心一直盯著看；我這個道地的西方人不適合做長時間的監視。我可以花很多年來解決一個問題，但若要我二十四小時坐著不動——那就另當別論了。

「經過一段時間後我站起來，開始漫無目標穿過灌木叢，又朝山坡走去。『要有耐心，』我對自己說。『若想找回機器，你就別再理會那獅身人面像。如果他們打算拿走你的機器，弄壞他們的青銅基座也無濟於事。如果他們沒這打算，那麼你只要提出要求就可以馬上拿回來。面對這樣的難題，呆坐在周遭的陌生環境裡是沒用的，那只會產生偏見。要去面對這世界，學習它的運作，仔細觀察，避免太快下定論。最後你就可以找到線索。』這時突然想到目前處境滑稽的地方：我花了好幾年努力研究，費盡千辛萬苦來到未來世界，現在卻急著要離開這裡。從來沒人能像我這樣，爲自己布下最複雜、最絕望的陷阱。雖然出於自願，現在卻身不由己。我大聲笑了出來。

「穿過巨大宮殿時，小人們似乎都躲著我。也許是我的幻想，或者跟我敲打那些青銅門扇有關，但確實感覺到他們在迴避。然而我很小心，沒表現出在乎的樣子，也絕不再追著他們，經過一、兩天後，一切又恢復到原本步調。我在語言方面盡可能取得進展，此外我還到處去探索。若非是我遺漏了某些微妙地方，就是他們的語言實在太過簡單——幾乎只有具體的名詞和動詞，其中很少有抽象詞彙，或者很少用象徵性說法。他們的句子通常只有簡單兩個字，但我只能表達或聽懂一些最簡單的意思。我決定把時間機器和獅身人面像底下神秘的銅門盡可能藏在心裡，直到我增長見聞之後，自然會引導我回來思考它們。但是有一種情感，你們或許能夠理解，它一直把我牽繫在自己到達地點爲中心的幾英里範圍內。

第八章　旅人見解

「就我目前所見，整個世界都像泰晤士河谷一樣繁榮富饒。從我爬的每座山上都看得到大量的壯麗建築，建材與風格迥異多元，同樣都有叢生的常綠灌木，以及花朵盛開的樹木與蕨類。隨處可見閃耀的水道，遠方大地延伸到起伏的藍色山丘，最後隱沒在寧靜的天際。不久有個特別的東西吸引我注意，那就是存在某種圓井，有幾口看起來好像很深。其中一口就在我第一次走上山的路徑旁。它跟其他圓井一樣，井口都有一圈做工奇特的青銅框緣，上面有個遮擋雨水的小圓頂。我坐在這些井邊，盯著黑暗的井裡瞧，沒看到井水的波光，點了火柴也見不到反光。但我聽到這些井中傳來某種聲音：一種砰——砰——砰的聲響，就像一具大引擎在運轉；我還從火柴搖擺的火焰發現，有一股氣流穩定往豎井裡流動。此外，我朝一口井裡扔下紙片，它不是緩緩飄落，而是立刻被吸進去，消失不見。

「一段時間後，我把這些豎井和山坡上到處樹立的高塔聯想在一起，因爲高塔上方經常見到搖曳的空氣，就像大熱天在熾熱沙灘上看到的一樣。把這些兜起來後，我得到強而有力的提示，就是地下有個龐大的通風系統，它眞正的重要性難以想像。我起初傾向認爲它是跟這些人的公共衛生有關的設施。這個結論顯而易見，但完全錯了。

「講到這裡必須承認，我待在這個眞實的未來世界期間，對他們的排水系統、鐘聲和運輸模式等等這類便利設施所知甚少。在我讀過一些關於烏托邦和未來世界的願景當中，裡面對建築和社會安排之類的都有詳細描述。若整個世界都在一個人的想像中，這些細節很容易就想得出來，但如果處於我所發現如此眞實的世界，對一個身歷其境的旅人來說完全看不出所以然。想想倫敦的那個傳說，一個黑人剛從中非過來就想回去他的部落！他怎麼會知道鐵路公司、社會運動、電話和電報、包裹郵遞公司、郵政匯票之類的是什麼東西？但至少我們應該相當願意向他解釋！就算認識了這些東西了，他又能讓家鄉親友們領會或相信多少？此外想想看，一個黑人和一個白人之間的隔閡在我們這時代有多小，再想想我和黃金時代的人們之間隔閡有多大！我知道有許多看不見的東西對舒適生活有所貢獻，但我除了對他們自動化的系統有籠統印象之外，恐怕能說的跟你們心裡所想的沒差多少。

「例如關於喪葬，我沒看到火葬場或墳墓的任何跡象。但我心裡想，也許在我探索範圍以外的某處有公墓（或火葬場）。這又是一個我刻意向自己提出的問題，起初我的好奇心在這點上完全遭受挫折。這事讓我百思不得其解，還讓我在進一步觀察時更感困惑：這裡沒有年老體衰的人。

「坦白說，我對最初提出一個文明化的必然演進和人類沒落的理論感到滿意，然而卻沒維持太久，但又想不到其他解釋。讓我說說自己遇上的困難。我探訪過幾座雄偉的宮殿，它們只是居住的地方，裡面有大餐廳和睡覺的房間。我沒看到任何一種機器裝置。但這些人穿的舒適布料總有時候需要縫補，還有他們的涼鞋雖然樸素，卻是相當複雜的機械製品。這些東西必定是用某種方法製造出來，但小人們並沒表現出絲毫創造力。那裡沒有商店，沒有工坊，也沒有任何商品輸入的跡象。他們所有時間都在文雅地嬉戲，到河裡沐浴，用半開玩笑的方試調情，然後就是吃水果和睡覺。我看不出日常事務如何能持續運作。

「這又回頭談到時間機器：有某個我不知道的東西，將它搬到白色獅身人面像的中空基座裡。爲什麼呢？我實在想不出來。還有那些沒水的豎井，以及在熱空氣中搖曳的柱子。我覺得缺少了線索。我覺得——該怎麼說呢？假設你發現了一個碑文，上面都是淺顯易懂的英文，裡面穿插了完全不認識的單字甚至字母組成的其他內容呢?沒錯，在我造訪的第三天，這個八〇二七〇一年的世界在我眼前呈現的就是如此!

「那天我也交到一位朋友——也算是啦。事情是這樣發生的，我看著幾個小人在一處淺水灘沐浴時，其中一個人突然抽筋，順著河水漂下去。主河道的水流比較強勁，但對一個即使中等實力的游泳者來說也沒太大問題。因此當我告訴你們，這個虛弱呼喊的小傢伙在他們眼前快溺水時，竟然完全沒人嘗試過去搭救，你們就會了解這些人有多麼奇怪的缺陷。我察覺到這狀況，趕緊脫掉衣服，在更下游處涉水過去，抓住那可憐的小傢伙，將她安全拖上岸。我幫她稍微搓揉四肢後，人就甦醒過來，離開前看她沒事也就心滿意足。我實在低估了他們這類人，沒指望她會表達任何謝意。然而這點我錯了。

「這件事發生在早上。到了下午，我遇見這位自己救的小女人，相信沒有認錯人，因爲當我結束探索回到自己據點時，她歡呼著迎接我，還獻給我一個大花環——顯然是特別爲我做的。這讓我產生遐想，非常可能是因爲在此之前我都覺得很孤單。無論如何，我盡可能表達對這禮物的感謝之意。我們不久之後一起坐在一個小石亭裡，兩人開始互動，主要以微笑來溝通。這小女人就像孩子一樣用親切打動了我。我們互相交換鮮花，她吻了我的手，我也對她這樣做。然後我嘗試交談，得知她的名字叫薇娜，雖然不了解它的含義，但似乎滿適合她的。這就是奇怪友誼的開端，維持了一個星期，然後就結束——後面會告訴你們怎麼回事！

「她完全像個孩子，希望一直待在我身邊，試圖到處跟著我。在我下一次出外走動時，原本打算拖垮她的體力，最後把她落在後面，精疲力盡在我身後哀怨呼喚。但這世界的種種問題總得解決。我對自己說，我到未來世界不是來隨便調情的。不過她在我離開身邊時非常憂心，分開時對我瘋狂叮嚀，整體而言，她的傾心以待給我帶來的麻煩跟安慰一樣多。然而不管怎樣，她給我非常大的安慰。我認爲只是一種孩子般的情懷讓她一直要黏著我。我不了解自己離開時給她帶來多大打擊，也不明白她對我有多重要，直到一切爲時已晚。這小洋娃娃僅僅看似喜歡我，並以她脆弱無助的方式表達對我的關心，很快就讓我回到白色獅身人面像附近時幾乎有回家的感覺；當我走下山坡時，都會立刻留意她穿著白色和金色的小小身影。

「我也是從她身上得知，恐懼並未離開這世界。她在白天無所畏懼，對我也出奇信任；有一次心血來潮，我對她做出嚇人的鬼臉，她只是一笑置之。但她害怕黑暗，害怕陰影，害怕黑色的東西。黑暗對她來說是可怕的東西。那是一種格外激烈的情緒，讓我開始思考與觀察。在眾多事情之中，我發現這些小人們在天黑後都聚集到大房子裡，結伴入眠。若沒開燈就進入他們之間，會讓他們陷入恐懼的騷動中。我從未發現他們在天黑後有任何人到戶外，或者一個人睡在屋內。但我依舊是個木頭腦袋，沒從他們的恐懼中學到教訓，不顧薇娜的苦惱，堅持不跟這大夥人睡在一起。

「這使得她非常困擾，但最後她對我的深情戰勝一切，我們相識中的五個夜晚，包括這段情誼的最後一夜，她都把頭枕在我手臂上睡。不過我的故事在提到她時從我身上岔開了。應該是她獲救的前一晚，我在黎明時分醒來。那晚睡得很不安穩，最不愉快的是夢到自己淹死了，海葵柔軟的觸手撫摸著我的臉。我驚醒過來，老覺得有個灰色動物剛衝出室外。我嘗試再次入睡，但感到焦躁難受。那是一片灰色的昏暗時刻，萬物正慢慢爬出黑暗，每樣東西看來都沒有色彩而且輪廓清晰，然而很不眞實。我起身走去下面大廳，然後來到宮殿前的石板地。我想既然睡不著就來看看日出。

「月亮正緩緩落下，即將逝去的月光和黎明初現的蒼白交織起來，形成半明半暗的陰森景象。灌木叢一團漆黑，大地灰暗，天空淒涼無色。我覺得山上好像有鬼魂，三次掃視山坡都看到白色身影。我認爲其中兩次看到一個像猿的的白色動物很快跑上山坡，另一次在廢墟附近，看到它們幾個扛著像屍體的黑色東西倉促移動。我看不出它們最後怎麼了，似乎是消失在灌木叢間。你們知道，這時天色還很朦朧，我覺得冷颼颼的清晨變化無常，你們也許懂這感受。我懷疑自己的眼睛。

「當東邊天空逐漸變亮，日光普照，鮮明色彩重回大地時，我仔細環顧眼前景象，但沒發現白色身影的任何跡象。它們只在半明半暗下出現。『一定是鬼魂，』我說，『不知它們來自哪個年代。』格蘭特．艾倫[1]的古怪見解在我腦海浮現，讓我感到好笑。他爭論說，如果世世代代的人死後都成為鬼魂，這世界最後會被鬼魂擠爆。依照這理論，它們到八十萬年左右的數量已經多到數不清，一次見到四個也就不奇怪了。但這笑話並不能解決我的疑惑，整個早上都在想那些身影，直到救了薇娜才沒放在心上。

1 格蘭特．艾倫（Grant Allen，1848-1899），加拿大裔科學家與小說家，後遷居英國，是一位無神論的社會主義者。

我不是非常確定，但將它們和第一次瘋狂尋找時間機器時嚇到的白色動物聯想在一起，不過跟薇娜愉快的相處讓我忘了這件事。然而，它們很快就註定要更加徹底佔據在我心頭。

「記得我曾說過，黃金時代的天氣要比我們這時代還要炎熱。我說不出是什麼原因，也許太陽變得更熱，也許地球更靠近太陽。人們通常認爲太陽在未來會逐漸冷卻，但人們並不熟悉像年輕達爾文那些人的推斷，忽略行星終將一個接一個回歸到母體。當這些劇變發生後，太陽會用新添加的能量燃燒，也許某個靠近的行星已經遭此厄運。不管是什麼原因，太陽事實上比我們知道的要熱得多。

「因此，在一個非常炎熱的早晨——應該是第四天吧——我離開吃飯睡覺的那棟大房子到不遠處，去一座龐大廢墟中尋找遮陽避暑的地方，在那裡發生了奇怪的事。我在亂石堆中爬行，發現一條狹窄走廊，走廊末端和兩側窗戶都被傾倒的石頭擋住。跟外面耀眼光線相比，我乍看之下覺得一片漆黑。我摸索著走進去，因爲從亮到暗的變化讓眼前游移著許多彩色班點。突然，我像著魔似的停下來。有一雙眼睛，反射著外面光線閃閃發亮，正從黑暗中瞪著我看。

「懼怕野獸的古老本能向我襲來。我握起拳頭，目不轉睛盯著那發亮的眼球，嚇得不敢轉身。此時我想到，這裡的人似乎生活在絕對安全之中，然後想起他們對黑暗特別害怕。我盡量克服自己的恐懼，向前一步開口說話。我必須承認，我的聲音粗啞又失控。我伸手觸碰到柔軟的東西，那眼睛立刻看向旁邊，然後有個白色東西從我身旁跑過。我心臟都快跳出來了，轉身看到一個古怪像猿的小身影，以怪異的姿勢低著頭，匆匆穿過我身後的一片陽光。它慌慌張張撞上一塊花崗石，往旁邊踉蹌了幾步，又立刻躲到另一堆亂石的陰影下。

「當然，我對它的印象不是很完整；但我知道它是暗白色，有奇怪的灰紅色大眼睛，而且從頭到背長了亞麻色毛髮。不過如我所說，它動作快到讓我看不清楚，我甚至沒辦法說它是用四肢在跑，或者只是前臂垂得很低。我停頓片刻便跟著它進去另一堆廢墟。一開始找不到它，經過一段時間後，我在隱蔽的深處發現一個曾跟你們說過像圓井的開口，它被倒下的柱子半掩著。我突然有個想法，這東西會不會跑進豎井裡面？我點亮一根火柴往下看，看到一個白色小東西在動，它往後退時用那明亮大眼直盯著我。眼前景象令我不寒而慄，它就像個蜘蛛人！它正沿著井壁往下爬，此刻我才第一次看到，有一些金屬踏板和扶手形成沿著豎井往下的梯子。這時火柴燒到我手指，從手中掉落下去，在半空中就熄滅了，當我點亮另一根火柴時，小怪物已經消失不見。

「我不知道自己盯著井裡多久。過了一段時間，我才說服自己剛才看到的是人類。但我也逐漸明白眞相：人類並沒有維持單一物種，而是變異成兩種截然不同的動物；我在地上世界遇見那些溫文儒雅的小人們，並不是我們這代唯一的後裔，在我眼前閃過的這蒼白、猥褻、夜行的東西也是歷經世代傳承下來的子孫。

「我想到那些搖曳的杜子，還有自己關於地下通風系統的理論，開始懷疑它們眞正的用途。不知這狐猴來到我認爲是個完美平衡的社會要做什麼？它跟地上美麗世界的這些慵懶安逸的居民有何關係？還有，豎井底下究竟藏著什麼？我坐在井口邊緣告訴自己，無論如何，沒什麼好害怕的，必須下去才能解開我的疑難。但我非常害怕下去！在我猶豫不決時，兩個漂亮的地上居民穿過陽光跑進陰影下，玩著他們的調情遊戲。男生追著女生，一邊跑一邊把花扔向她。

「看到我用手臂靠著傾倒的杜子往井裡張望，他們似乎覺得很苦惱。顯然，探察這些暗井被認爲是不好的事，當我指著井口，嘗試用他們的語言提出問題時，他們更顯痛苦，撇過頭去。但他們對我的火柴有興趣，我點燃一些火柴逗他們開心。我又試著問他們那口井，一樣得不到回應。於是我離開他們，打算回去找薇娜，看能從她那邊問到什麼。但我的想法已經大有轉變；自己的猜測和看法逐漸有新的調整。現在我對這些豎井、通風高塔和神秘鬼影有了線索，更別說那些青銅門暗示了什麼，還有時間機器的命運！隱約之間，我一直搞不懂的經濟問題也找到可能解答的方向。

「下面是我的新觀點。顯然，第二種人生活在地底下。尤其有三個細節讓我認爲他們鮮少出現在地面上，這是他們習慣長時間待在地底下的結果。首先是大部分生活在黑暗中的動物常見的蒼白外表——例如活在肯塔基洞穴裡的白魚。然後是可以反射光線的大眼睛，這在夜行性動物身上很常見——貓頭鷹和貓就能證明。最後就是在陽光下顯得慌亂無比，還跌跌撞撞衝進陰影裡，在光線下的頭部姿勢也很怪異——這些都強化了視網膜極度敏感的推測。

「那麼，我腳下的大地一定被挖掘出龐大的隧道，這些隧道是新種族的棲息地。沿著山坡出現的通風塔和豎井——除了沿著河谷以外，其實到處都有——顯示出隧道縱橫交錯有多廣闊。因此，如果假設日光下的種族過著舒適生活，必要的勞動工作都在這個人造地下世界裡完成，這麼想是再自然不過的了。我立刻就接受這看似非常合理的見解，繼續思考人類是如何分裂成不同物種。我敢說你們會預料我的理論形態，但我自己很快就覺得它與事實相去甚遠。

「首先，從我們自己這時代的問題開始說起，對我而言非常清楚的是，資本家與勞工之間僅屬暫時性的社會差異正逐漸擴大，這是整個見解的關鍵。毫無疑問，對你們來說夠奇怪的——簡直不可置信！——然而即使是現在，也有往這方向發展的情況。目前有一種趨勢，就是較不具裝飾用途的文明設施開始利用地下空間；例如，倫敦有大都會鐵路[2]，那裡有新型電氣化鐵路、地下隧道、地下工坊與餐廳，而且規模和數量還在增加。

2大都會鐵路（Metropolitan Railway）是倫敦地區在一八六三年至一九三三年的一家客貨運鐵路公司，也是全世界首家修建地下鐵的公司。

顯然，我認爲這趨勢將發展到工業逐漸失去它從開始以來立足天下的權利。我的意思是指它會越挖越深，建出越來越大的地下工廠，花費更多時間待在地下，直到最後——！即使是現在，倫敦東區的工人不就是生活在這樣的人造環境中，幾乎和自然的地面切斷聯繫？

「此外，由於富人排外的傾向——毫無疑問是因爲他們的教育日益完善，和粗魯野蠻的窮人之間隔閡加大——導致他們著眼自己的利益，將可觀的土地占爲己有。就以倫敦爲例，也許一半的美麗鄉間都被圍起來不准別人進入。由於接受高等教育過程中花費的時間與金錢，養成富人們喜好精緻生活的設施與誘惑日益增加，這麼一來同樣加大了隔閡，使得透過通婚來促進階級與階級之間的交流，也就是目前能夠減緩我們種族沿著階級差異而分裂的因素，變得越來越少發生。於是到了最後，住在地上的都是有產階級，他們追求愉悅、舒適和美好事物，地下的無產階級和勞工只能不斷去適應他們的工作環境。他們一旦到了那裡，毫無疑問就得付出租金，而且還眞不少，因爲洞穴要用到通風系統；如果他們拒絕支付，就會被餓死或悶死。那些粗鄙叛逆的人終將會死，最後形成永久的平衡，倖存者變成適應地下生活環境，並且就像地上居民一樣自得其樂。在我看來，這當然形成了精緻美麗與褪化蒼白的對比。

「我所夢想的人類偉大勝利絕非如此。它不是我想像的那種以道德教育和共同合作達成的勝利。取而代之的，我看到一個眞正的貴族階級，他們以完美的科學當武器，致力將現今的工業系統推向一個合乎邏輯的結局。這個勝利不只是單純戰勝了自然，同時還戰勝了人類同胞。必須提醒你們，這是我在當時想到的理論。我不像烏托邦書籍那樣有現成模式做嚮導，也許解釋完全錯誤，但依舊認爲它是最合理的一種說法。但即使是按照這種假設發展，最後達到的平衡狀態也早已過了巔峰，目前已經走向衰敗。地上居民過於完美的安逸生活導致他們逐漸退化，在身材、體力和智力上普遍衰退，我見到的已經夠清楚了。至於地下居民的情況如何，我還沒想過；但從我看到的莫洛克人——順便一提，他們是這麼被稱呼的——我能想像這類人種的變化，要比我已認識的漂亮人種『艾洛伊』劇烈許多。

「然後麻煩的問題來了。爲什麼莫洛克人要拿走我的時間機器？因爲我確信機器是被他們拿走的。此外，如果艾洛伊人是主人，爲什麼他們不能把機器交還給我？爲什麼他們如此懼怕黑暗？就如之前所說，我去問薇娜關於這個地下世界的問題，但還是讓我失望了。起初她不明白我的問題，後來就拒絕回答。她渾身發抖，像是這問題令她難以忍受。當我稍微嚴厲對她施壓時，她突然哭了起來。除了自己的以外，那是我在黃金時代唯一見過的淚水。我看到這淚水便立刻拋開莫洛克人的問題，唯一關心的是要從薇娜臉上抹掉這些從人類繼承來的痕跡。當我慎重點燃一根火柴時，她就一邊拍手一邊笑了。」

第九章　莫洛克人

「你們可能覺得奇怪，過了兩天後，我才用顯然正確的方式去追蹤新發現的線索。

「我對那些蒼白軀體尤其感到畏縮。他們像半褪色的蠕蟲，就跟人們在動物學博物館裡看到的標本一樣，而且摸起來冷冰冰的很噁心。也許我的畏縮感是受到艾洛伊人影響，現在終於開始明白他們爲什麼嫌惡莫洛克人了。

「第二天晚上我沒睡好，也許健康有些失調。我被困惑與疑問壓抑著，有幾次感到強烈的恐懼，但找不出明確原因。我記得自己曾躡手躡腳，悄悄走進小人們在月光下睡覺的大廳——那晚薇娜也睡在他們之間——看到他們都在才覺得安心。甚至那時我還想到，月亮幾天後就過了殘月，夜晚將變得更黑暗，當那些討厭的動物從地底下出現——那些蒼白的孤猴，取代以往害蟲成爲新時代的敗類——到時數量也許會更多。我這幾天都覺得焦躁不安，就像一個逃避應負責任的人。我確信要找回時間機器的唯一方法，就是勇敢闖進神秘的地下世界。然而我無法面對這謎團。如果有人作伴的話，情況就不同了。但我覺得獨自一人實在恐怖，甚至爬進黑暗的井裡就令我毛骨悚然。不知你們能否了解我的感受，我老覺得背後沒安全感。

「也許正是這份焦躁，這份不安全感，促使我的探索之旅跑得越來越遠。來到西南方一個現在叫做康姆伍德的蓬勃鄉村，我朝十九世紀的班斯特德[1]方向遠眺，看到一座巨大的綠色建築物，特徵和我目前見過的任何建築都不同。它比我所知道最大的宮殿或廢墟還要大，建築外觀是東方風格：表面有淡綠色光澤，就像某種中國瓷器上的那種藍綠色。不同的外觀讓人聯想到不同的用途，我想繼續向前探索。但天色已晚，我是繞了又長又累的一大圈才看到這地方，於是決定把探險延遲到明天，回到小薇娜的歡迎與擁抱中。但第二天早上我清楚意識到，自己對青瓷宮殿的好奇只是自欺欺人，以便讓我延遲一天去面對害怕的事。我決定不再浪費任何時間，立刻下去井裡，並且一早就出發前往鋁和花崗岩廢墟附近的那口井。

「小薇娜跟著我跑，在身旁又蹦又跳來到井邊，但看到我俯身井口往下張望時，她似乎異常顯得不安。『再見，小薇娜，』我說，同時吻了她；放開她後，我開始在井口矮牆上摸索著攀爬鉤。我得承認這過程相當

1 班斯特德（Banstead）是位於倫敦西南方的一座小鎮。

倉促，因爲就怕自己的勇氣會慢慢流失！起初她驚訝看著我，後來發出一聲淒厲的叫喊，跑過來用她小手把我拉住。我認爲她的阻止更刺激我繼續前進。我甩開她，動作可能有些粗魯，然後轉眼間就進到井裡。我看到她痛苦的臉探在井口，便朝她笑了一笑，請她放心，接著就得低頭看著那些不穩固的攀爬鉤。

「我必須吃力向下垂直攀降大約兩百碼，下去時攀在兩側牆上伸出的金屬桿上。這些金屬桿只需應付個頭比我小、比我輕得多的人使用，侷促很快就讓我筋疲力盡。但不只是疲累而已！一根金屬桿在我重壓下突然彎曲，幾乎把我摔到下面黑暗裡，有一瞬間只能用單手吊掛著，從此之後我就不敢再停下來休息。雖然手臂和背部劇烈疼痛，我還是盡量加快動作往下攀。抬頭向上瞥了一眼，井口像個藍色小碟子，還看到一顆星星，小薇娜的頭就像一個圓形的黑色投影。下方機器的沉重砰砰聲越來越響，除了上方的小井口，周圍一片漆黑，我再次抬頭時已經看不到薇娜。

「我處於極不舒服的痛苦中，曾想再爬回到井上面去，別管地下世界了。即使心中反復閃過這念頭，但我還是繼續往下攀。最後終於鬆了一口氣，我隱約看到右邊一英尺遠的牆上有一個狹長洞孔。我擺盪進去，發現它是一條狹窄水平的隧道，在裡面可以躺一會兒。別說太早休息，我的手臂酸疼，背部抽痛，還因爲長時間處於害怕跌落的恐懼中而全身顫抖。此外，無止境的黑暗讓我眼睛感到不適。空中充滿豎井底下機器打氣的砰砰聲響。

「我不知道自己躺了多久，是一隻柔軟的手觸碰到臉才被弄醒。我在黑暗中猛然起身，抓起火柴趕緊劃亮一根，看到三個彎腰的白色傢伙，就像我在上面廢墟遇見的那個一樣，他們被光照到急忙後退。依我看來，他們生活在毫無光線的黑暗中，眼睛異常大且敏感，就像深海魚的瞳孔那般，同樣也會反光。我肯定他們在沒光線的晦暗中能看見我，而且除了怕光以外，似乎一點也不怕我。但是，當我又點一根火柴以便看清楚時，他們禁不住逃開了，隱身在黑暗的側溝和隧道裡，眼睛用最奇怪的方式盯著我看。

「我嘗試向他們喊話，但他們的語言顯然跟地上世界的居民不同；所以我得自己想辦法，下井探索前想逃跑的念頭甚至又在腦中浮現。但我對自己說，『你現在不就進來了，』於是沿著隧道摸黑往前走，發現機器的噪音越來越大聲。不久之後周圍變寬敞，我來到開闊的地方，點燃一根火柴後，發現自己進入一個巨大拱形洞穴，它延伸到火柴光線照不到的黑暗中。我能看見的只有火柴照亮的範圍。

「我的記憶想必很模糊。像是大型機器的龐然外形樹立在昏暗中，投射出怪誕的黑影，幽靈似的莫洛克人在黑影中躲避光線。順便提到，這地方通風不佳，壓迫感重，空氣中聞得到淡淡的鮮血味。稍遠的視野中央有一張白色金屬小桌，上面放的似乎是吃的東西。莫洛克人至少是吃肉的！我記得甚至在那時候，自己還納悶是什麼大型動物倖存到這年代，能供應他們我看到的帶骨血紅肉塊。眼前一切非常模糊：濃重的氣味，不知所以的巨大形體，躲在黑影下的猥褻身軀，他們就等著黑暗再次向我襲來！然後火柴燒盡，燙到我手指後掉落，在黑暗中只剩扭曲的紅色光點。

「之前我就一直在想，這次歷險帶的裝備實在太少。當我坐上時光機器出發時，天眞假設未來人類在所有設備上一定遠遠領先我們。我沒帶武器，沒帶藥品，沒帶任何菸具——有時眞想抽一口菸！甚至沒帶足夠的火柴。若有想到帶一台照相機該多好！我可以瞬間把地下世界拍照下來，有空時再好好研究。但現況就是如此，站在那裡只有大自然賦予我的武器和本領——雙手、雙腳和牙齒；除了這些，我還剩下四根火柴。

「我不敢在黑暗中走進這些機器中間，藉著最後一點光線我才發現火柴所剩無幾。直到那刻我才意識到有必要節省使用，而且已經浪費將近半盒在取悅地上世界的人們，對他們來說火柴很新奇。如同我所說的，現在只剩四根火柴，當我站在黑暗中時，有一隻手觸碰到我，細長手指摸到我臉上，我聞到一股難聞的怪味。我認爲自己聽到一群可怕小傢伙在身旁的呼吸聲，感覺到手中的火柴盒正被輕輕拿走，另外許多手在背後扯著我衣服。

「被這些自己看不見的傢伙仔細檢視的感覺眞是說不出的討厭。我在黑暗中突然清楚意識到，自己對他們的思考和行爲模式一無所知。我對他們使勁大聲叫喊。他們嚇得退開，然後感覺到他們又靠近過來。他們更大膽地試圖抓住我，彼此間用奇怪的聲音低語。我渾身顫抖，再次大叫——聲音相當難聽。他們這次沒受到太大驚嚇，回到我身旁時還發出古怪笑聲。我承認自己害怕極了。我決定再點起一根火柴，趁著火光的保護下逃走。我劃亮火柴，還點燃從口袋裡拿出的一片碎紙增加亮度，成功撤退到狹窄隧道那邊。但我差一點進不了隧道，火焰被吹熄了，黑暗中聽到莫洛克人緊追在後，像風吹過樹葉般沙沙作響，像雨紛紛滴落般喋喋不休。

「剎那間，我被好幾隻手抓住，他們毫無疑問是想把我拖回去。我又點了一根火柴，在他們眼花繚亂的眼前揮舞起來。他們茫然昏亂瞪著看時，你很難想像那不像人類的外表多麼令人作嘔──那些沒下顎的蒼白臉孔，又大又凸的泛紅灰眼！但向你們保證，我絕沒停下來看；我再度撤退，當第二根火柴熄滅時，我點亮第三根。

「當我到達通往豎井的出口時，火柴幾乎燒完了。我躺在出口邊緣，因爲底下巨大幫浦的震動聲令我暈眩。然後我往側牆摸索突出的鉤子，就在這時雙腳被從後面抓住，我用力向後踢蹬。點燃最後一根火柴……它一下子就熄滅了。不過我的手已經搭在攀爬的桿子上，同時拚命踢蹬，終於從莫洛克人手中掙脫，迅速往豎井上面爬，他們全待在下面，瞇起眼睛抬頭盯著我看，只有一個小壞蛋跟在身後爬了一段距離，幾乎抓走我靴子當戰利品了。

「我似乎爬得沒完沒了。到了最後二十或三十英尺，我感到一陣噁心想吐，手要抓好都很困難。最後幾碼是跟虛弱艱苦奮戰著，有幾次頭暈目眩，覺得自己掉下去了。然而最後，我設法翻過井口矮牆，搖搖晃晃走出廢墟，來到耀眼陽光下。我撲倒在地，連泥土聞起來都覺得清新芳香。我記得薇娜親吻了我的手和耳朵，還有其他艾洛伊人的聲音。此後我一度失去知覺。」

第十章　黑夜來臨

「說實在的，我的處境變得比先前更糟。在此之前，除了弄丟時間機器的那晚極爲痛苦之外，我一直抱持終究能夠逃離的希望，但這些新發現讓希望動搖了。直到現在，我都認爲阻礙自己的是這些小人們的幼稚和無知，以及某種一旦理解便能克服的未知力量；但莫洛克人令人作嘔的特性裡有個全新元素——沒人性又邪惡的東西。我出於本能厭惡他們。以前，我覺得自己像是掉進坑洞的人，關心的是這坑洞本身和怎麼爬出去。現在我覺得像是落入陷阱的野獸，敵人很快就要襲來。

「我害怕的敵人也許會讓你們感到吃驚，那就是新月時的黑夜。薇娜當初講過一些關於黑夜不可思議的說法，將它灌輸到我腦海裡。現在要猜即將到來的黑夜意味著什麼也不是太困難。月相逐漸轉虧，每天夜裡的黑暗時刻都變得更長。我目前至少在某種程度上了解地上世界的小人們害怕黑暗的原因，隱約納悶著莫洛克人在新月下會幹出什麼邪惡壞事。我相當確定的是自己的第二個假設完全錯了。地上世界的人們也許曾是受寵的貴族，莫洛克人是爲他們工作的僕人，但那早已過去。人類進化所產生的兩個物種正慢慢走向——或者說已經達到——一個全新關係。艾洛伊人就像卡洛林王朝的國王，退化成漂亮無用的擺飾。他們依然擁有地上空間，因爲居住地下的莫洛克人歷經無數世代，最後發現他們無法忍受日光照耀的地面。據我推測，莫洛克人爲艾洛伊製作衣服和供養生活是因爲習慣使然，或許是過往的服務習性殘存下來。他們這麼做時，就像馬兒站著會踢一踢腳，或像有人喜歡打獵爲樂，因爲早已逝去的古老需求已經烙印在他們身上。但是顯然地，部分舊秩序已經顚倒過來，對嬌貴者的復仇之神正迅速匍匐前進。多年以前，幾千個世代以前，人類將他的同袍從舒適圈與陽光下趕走。現在同袍即將回來——而且他們變了！艾洛伊人再次學到古老教訓，他們重新認識到恐懼是什麼。我突然想起在地下世界看到的那塊肉。它怎麼會浮現在我腦海中似乎很奇怪：並不是被我的思緒攪動起來，幾乎像是外面有人向我提問。我嘗試回想它的形狀，依稀覺得像某個熟悉的東西，但當時說不上是什麼。

「然而，儘管小人們在神秘的恐懼感前有多麼無助，但我的身分不同。我來自我們這個時代，是人類成熟的鼎盛時期，在這年代恐懼不會把人嚇癱，神秘也不是可怕的傳說。我至少可以保衛自己。事不宜遲，我決定把自己武裝起來，找一處可以安心睡覺的堅固堡壘。了解自己夜復一夜暴露在什麼動物面前，我早就失去自信，有個藏身處做爲基地才能稍有把握來面對這個奇怪世界。我覺得若不找個安全地方是絕對睡不著覺，一想到他們必然已經仔細觀察過我就嚇得渾身發抖。

「我下午沿著泰晤士河谷徘徊，但沒發現任何地方讓我覺得外人無法入侵。對莫洛克人這樣靈巧的攀爬者來說，所有建築和樹木似乎都能暢行無阻，從他們的豎井判斷準沒錯。此時，我想起青瓷宮殿高聳的尖塔和閃亮光滑的牆面；到了傍晚，我把薇娜像個小孩般扛上肩膀，朝著通往西南方的山上走去。我估算這段距離有七、八英里，但實際應該將近十八英里。第一次看到那地方是在下雨的午後，距離感在迷濛中被縮短了。此外，我的一隻鞋子後跟鬆了，釘子刺穿鞋底——它們是我在室內穿的一雙舒適舊鞋——於是走起路來一瘸一拐。當我看到宮殿時早已日落，它的黑色輪廓襯映在淡黃天空下。

「我剛開始扛起薇娜時，她顯得非常高興，但一會兒之後便要我放她下來，然後在身旁跟著我跑，偶爾奔向路旁摘來花朵插進我口袋。我的口袋一直讓薇娜感到不解，但最後她斷定那是一種古怪的花瓶，用來插花裝飾用的。至少她是這麼利用它們。這倒提醒了我！換外套時我發現……」

時間旅人停頓下來，伸手到口袋裡，拿出兩朵枯萎的花，默默放到小桌上，它們跟大朵白錦葵沒什麼兩樣。然後他重新開始講述。

「當寧靜的夜晚降臨大地，我們翻過通往溫布頓的山頭，薇娜覺得累了，想回灰石房子去。但我把遠方青瓷宮殿的尖塔指給她看，設法讓她明白，我們要找一個能使她免於恐懼的藏身處。你們知道黃昏前萬物沉寂的那一刻嗎？甚至連微風都停滯在樹林間。對我來說，傍晚的沉寂總有一種期待的氣氛。天空晴朗、遙遠而空曠，夕陽下只剩幾道餘暉。只是，那晚的期待沾染上心中的恐懼。在那黑暗的平靜中，我的感官似乎變得異常敏銳，甚至妄想自己感覺得到腳下地底裡的洞窟；說實在，我幾乎能看透莫洛克人在他們的螞蟻丘裡走來走去，只等黑夜到來。在騷動不安中，我認為他們把我侵入他們洞穴視爲一種宣戰。還有，他們爲什麼拿走我的時間機器？

「我們就這樣在寂靜中走著，暮色轉暗成夜色。遠方清澈的藍天褪去，星星一顆接一出現。地面變得陰暗，樹林一片漆黑。薇娜的恐懼和疲累不斷增加，我將她抱在懷裡，跟她說話並安撫她。夜色越來越暗，她摟住我脖子，閉上眼睛，臉龐緊靠我肩膀。我們走下長坡進到山谷，天色暗到我差一點走進一條小河。我涉水過河，爬上對岸山谷，經過幾棟人們沉睡中的房子，還有一尊雕像——農牧神之類的雕像，但沒有頭。這裡還有相思樹。目前我沒見到任何莫洛克人的蹤影，但夜晚還早，月亮升起前更黑暗的時刻還沒到。

「到了下一座山的山脊上，放眼望去盡是漆黑一片廣闊茂密的樹林。我停下來，兩邊都見不到盡頭。我感到很疲累——尤其腳非常痛——於是將薇娜從肩上輕輕放下，然後坐到草地上。現在看不見青瓷宮殿了，我懷疑自己是否走錯方向。看著樹林濃密深處，我考慮有什麼東西藏在裡面。在那些密密麻麻的枝葉下是看不到星星，就算沒有其他潛在的危險——我不敢放任自己去想像的危險——仍會被樹根絆倒或者撞上樹幹。而且經歷白天激動的情緒，我非常累了，所以決定不要迎戰黑夜，待在開闊的山上度過夜晚。

「我很高興發現薇娜已經熟睡，小心幫她裹上我的外套，然後坐在旁邊等待月亮升起。山坡上寂靜荒涼，但樹林暗處不時傳來動物騷動聲。夜空十分清澈，頭頂上星光閃爍，讓我感到親切的安慰。舊有星座都已從天空中消失，然而這個人類一百輩子都難以察覺的緩慢變動，早已將它們重新排列成陌生的群組。但在我看來，銀河系仍舊一如往昔是充滿星塵的破碎漩流。南邊（依我判斷）有一顆很亮的紅星，我並不認識，它甚至比我們這時代的天狼星還要明亮。在這些閃爍的光點中，有一顆明亮的行星像老朋友的臉孔般親切堅定地發出光芒。

「看著這些星星時，突然覺得自己的煩惱和世間的沉重都顯得渺小。我想到它們遙不可測的距離，還有緩慢持續的運動，從未知的過去走向未知的將來。我想到地軸傾角描繪出的歲差週期。在我穿越的所有歲月裡，這無聲無息的循環也才運行四十次。在這寥寥無幾的次數中，人類所有的活動、所有的傳統、複雜的體制、國家、語言、文學和抱負，甚至對我所熟悉的人類僅存的記憶，全都被一掃而空。取而代之的是這些早已忘掉遠古祖先的嬌弱傢伙，還有那些令我害怕的蒼白動物。然後想到兩個物種間存在的巨大恐懼，我冷不防地打了寒顫，第一次清楚意識到自己看到的肉可能是什麼。實在令人毛骨悚然！我看著睡在身旁的小薇娜，星光下的臉龐顯得潔白如星，我立刻打消這想法。

「漫漫長夜裡，我盡量不去想莫洛克人，設法想像自己能在新的混亂夜空中發現舊星座的痕跡，藉此打發時間。天空依舊非常晴朗，只有幾朵薄霧般的雲彩。我一定是打了幾次瞌睡。然後，就在我繼續守夜時，東方天空出現微弱亮光，像是某種無色火焰的反光，接著下弦月升起，就像一道細細的白色尖鉤。黎明緊隨其後，超越了它，淹沒了它，起初是蒼白，然後變成溫暖的粉紅。沒有莫洛克人靠近我們。其實，那天夜晚我在山上沒看見任何東西。新的一天帶來了信心，我幾乎覺得自己的恐懼毫無道理。我站起來時發現，鞋跟鬆掉的那隻腳在踝關節腫了起來，腳跟十分疼痛；於是我又坐下，脫下鞋子，將它們扔掉。

「我喚醒薇娜，兩人走下山坡進到樹林，現在愉悅的翠綠取代了險惡的暗黑。我們找到一些水果充當早餐，很快就遇見其他玲瓏的小人們，他們在陽光下歡笑舞蹈，彷彿大自然中沒有黑夜這種東西。然後我又想起曾經看到的那塊肉，現在相當確定那是什麼，打從心底同情這人類洪流中僅存的涓涓小溪。顯然，早在人類衰敗的過程中，莫洛克人的食物就已經短缺。也許他們曾以老鼠之類的害蟲當做食物。即使是現在，人類對食物的挑剔也遠不如以往——遠不如任何一種猴子。他對人肉敬而遠之的偏食不是什麼深根蒂固的本能。所以這些沒人性的人類子孫們就……！我嘗試用科學精神看這件事。畢竟，跟我們三、四千年前的食人族祖先相比，他們更沒人性，血緣關係更疏遠。原本會讓這情況充滿掙扎的良知已經泯滅。我何必自尋煩惱呢？這些艾洛伊人只是肥美的牛群，螞蟻般的莫洛克人圈養並捕食他們——也許還照料到育種。此刻薇娜卻在我身旁手舞足蹈！

「我嘗試擺脫向我襲來的恐懼，告訴自己這是對人類自私的嚴厲懲罰。人類滿足於舒適安樂的生活，奠基在同袍的辛苦勞動之上，拿需求當做他的口號和藉口，然後就在適當時刻，需求回頭找上了他。我甚至嘗試用卡萊爾式[1]的嘲諷看待這可憐的沒落貴族。但這態度我辦不到。無論他們智力退化到什麼地步，艾洛伊人保留了太多人類形態，無法不引起我的同情，也讓我必須分擔他們的退化和恐懼。

「當時我對自己該怎麼做有個非常模糊的想法。首先要找一個安全的

1 托馬斯・卡萊爾（Thomas Carlyle，1795-1881）是來自蘇格蘭的英國散文作家、歷史學家和哲學家，他不贊同功利主義，並且批評自由放任的政治經濟學。

藏身處，並且盡可能用金屬或石頭幫自己打造武器。這個需求刻不容緩。其次，我希望取得升火工具，這麼一來手邊就有火把這項武器，我知道沒別的東西比它更有效對付莫洛克人。接著我想準備某種裝置，可以打開白色獅身人面像底下的青銅門，腦子裡想到的是破城槌。我相信如果能進去門裡，舉個火把在面前，應該就能找到時間機器並且逃走。我不認爲莫洛克人有多大力氣可以把它搬得很遠。我決定要帶薇娜一起回到我們的年代。心裡反覆思考這些計畫同時，我朝向選定做爲我們住所的那座建築走去。」

第十一章 青瓷宮殿

「中午到達青瓷宮殿時，我發現它已是空蕩蕩的變成廢墟。窗戶上只剩碎玻璃的殘跡，綠色牆面的巨大飾板從鏽蝕的金屬框架脫落。宮殿位在一處草坪覆蓋的高崗上，我進去前先往東北方望去，驚訝看到一個大河口，甚至可以說是河口內灣，我判斷那裡曾是旺茲沃斯和巴特席[1]的位置。

1 旺茲沃斯（Wandsworth）和巴特席（Batterseah）都是倫敦南部的一個區，皆位於泰晤士河南岸的旺茲沃斯自治市內。

然後我想到——儘管後來沒再去想——海裡生物可能已經發生或正在發生什麼變化。

「宮殿建材經過檢視後確定是陶瓷，我沿著宮殿門面看到一行銘刻，是我不認識的文字。我傻到以爲薇娜也許能幫我翻譯，這才知道她連基本的文字能力都沒有。我想，她在我眼裡比眞實的她更像人類，也許是因爲她表現情感實在很人性化。

「來到巨大門扇裡面——它早已損壞敞開著——我們看到的不是一般大廳，而是有許多側窗照亮的一條長廊，第一眼就讓我想到它是博物館。鋪磚地板積了厚厚塵土，大量雜物也都蒙上一層灰。接著我發現走廊中央立著一個奇怪枯瘦的東西，顯然是巨大骸骨的下半部，從那傾斜的腳我認出它是類似大地懶[2]的滅絕動物。頭蓋骨和上半部骨骼倒在旁邊厚塵土裡，

2 大地懶（學名：Megatherium）是一種生活於萬年前的哺乳類動物。體重可達四噸，全長從頭至尾端則可達六公尺，是目前已知最大型的地懶。

因爲雨水從屋頂裂縫滴下，有一部分已被侵蝕。長廊裡面還有一個龐大的雷龍骨架，關於博物館的假設獲得了證實。往長廊旁邊走去，我發現一個看來是傾斜的架子，抹掉厚厚灰塵之後，我看到我們這時代熟悉的古老玻璃櫃。從裡面裝的東西保存相當良好來判斷，它們應該是密封的。

「我們站的地方無疑是後來某個時期的南肯辛頓[3]遺跡！這裡顯然是古生物學部門，一定曾有非常精彩的大量化石，雖然無可避免的腐蝕過程一度被延緩，而且細菌和眞菌的滅絕也減少了百分之九十九的破壞力，但可確定的是它仍以極爲緩慢的速度發生在這些寶物上。到處都可發現小人們來過的痕跡，從稀有化石被打破成碎片形狀，或者還被串在蘆葦上就知道。有些櫃子整個被搬開——我想那是莫洛克人幹的。這地方非常安靜，

3南肯辛頓（South Kensington）是倫敦市中心偏西的一個區，屬高級街區和文化重鎮，自然史博物館就位於此區。

厚厚的塵土緩衝了我們的腳步聲。薇娜原本在把一個海膽從斜玻璃櫃上滾下去，一會之後，當我東張西望的時候，她過來悄悄抓住我的手，站在我旁邊。

「我起初對這座代表智慧時代的古老紀念館感到非常訝異，沒想到竟有可能出現這種地方。甚至一心惦記的時間機器也從腦海中稍微退卻。

「從這地方的規模判斷，青瓷宮殿裡絕不僅有一個古生物學陳列室，也許還有幾個歷史陳列室，甚至還有一間圖書館！對我而言，至少就目前處境來說，這些東西遠比古老地質侵蝕的情景更讓我感到有興趣。繼續探索下去，我發現從第一條長廊橫向延伸出另一條短廊。這裡收藏的是礦石，我看到一塊硫磺時心裡想到火藥。但是沒發現硝石，實際上沒有任何一種硝酸鹽礦石，無疑是在多年前就已潮解。然而硫磺一直縈繞在腦海裡，並且引發一連串思考。雖然陳列室裡的其他收藏一般來說是我看到保存狀況最好的東西，但是沒什麼興趣。我在礦物方面不在行，於是沿著一條平行於入口長廊的破敗通道走下去。這裡顯然是自然史陳列室，但所有東西歷經歲月早已面目全非。幾個枯皺變黑的殘跡曾是完整塡充的動物標本，罐子裡乾燥的木乃伊曾經擁有靈魂，一堆褐色塵土原本是茂盛的植物，全都變成這副模樣！我很遺憾沒能停在這，我本該樂於去研究探詢這地方展現的物種適應過程，人類正是透過對動植物的不斷演化適應，才征服了原始的大自然。然後我們進到一間巨大的陳列室，光線非常昏暗，地板從我進入的這端以輕微角度往下延伸。屋頂上間隔掛著白色圓球——許多都已打破碎裂——讓人想到這地方原本有人工照明。我在這裡比較得心應手，因爲兩旁樹立的是體積龐大的機器，全都鏽蝕嚴重，有些已經損壞，不過有些仍然相當完整。你們知道我對機械無法抗拒，很想多逗留在這些機器之間；主要是它們像謎一樣，我只能大概猜測它們的用途。我想如果可以解開這些謎團，應該就會發現自己擁有對抗莫洛克人的能力。

「薇娜突然緊貼到我身旁，冷不防地把我嚇了一跳。若不是因爲她，我想自己可能根本沒注意長廊的地板是斜的。(原文註：當然，也可能地板沒有傾斜，而是因爲博物館建在一處山坡上。)我們進入的一端完全位在地面以上，還能透過細長窗子照亮室內。隨著越往裡面走，地面就超過這些窗子的高度，直到最後位於一個凹陷處，就像倫敦每個屋子前的那塊『空地』，只有狹小的日光從上方照進來。我緩慢前行，思索著這些機器，因爲太過投入而沒察覺光線逐漸變暗，直到薇娜變得害怕才引起我的注意。接著我看到長廊最後隱沒在一片漆黑中。我停了下來，四處張望，見到這裡灰塵沒那麼厚，表面也不怎麼平坦。再往陰暗處看去，灰塵上有一些窄小的腳印，我立刻意識到莫洛克人會在那裡出沒。我覺得自己正浪費時間在研究機器，提醒自己現在早已過了大半個下午，而我仍舊沒有武器，沒找到藏身處，也沒生火工具。然後，從長廊深處的黑暗中傳來奇怪的啪嗒聲，我在豎井底下曾聽過同樣的古怪聲響。

「我抓住薇娜的手。這時突然有個主意，我鬆開手，轉身走去一台機器，上面伸出的一根鐵桿和號誌箱裡的控制桿沒什麼兩樣。我爬上架子，雙手抓住鐵桿，用我所有重量往側邊壓。被留在走道中央的薇娜突然開始啜泣起來。我對鐵桿的強度判斷相當正確，因爲擰了一分鐘後它就砰的一聲斷了，回到她身邊時手裡拿著鐵棍，依我來看無論遇上任何莫洛克人，這都足以讓他腦袋開花。我很想幹掉幾個莫洛克人。你們或許認爲這樣很沒人性，竟想殺死自己的後代子孫！但不管怎麼說，你不可能在這些東西身上看到人類的影子。只是我不願離開薇娜，並且說服自己說，如果開始殺紅了眼，我的時間機器也許會遭殃，這才阻止我沿著長廊過去消滅自己聽見的那些畜牲。

「於是，我一手抓著鐵棍，另一手牽著薇娜，走出那間陳列室後來到另一間更大的廳室，第一眼讓我想到的是掛著破爛旗幟的軍方教堂。棕色焦黑的破布掛在兩旁，我立刻明白那是腐朽書本的殘跡。它們早就化爲碎片，所有印刷樣貌都已消失。但到處都有翹曲的木板和碎裂的金屬扣足以說明一切。如果我是個文學家，或許會勸世地說所有的野心終將徒勞無功。但最令我感慨的是，這一整片陰暗荒涼的腐爛紙張證明了龐大勞動力的浪費。我得承認當時主要想到的是《哲學彙刊》和我講述物理光學的十七篇論文。

「接著，我們走上一道寬闊的樓梯，來到一間曾是應用化學的陳列室。我很希望在這裡發現有用的東西。除了一端的屋頂坍塌之外，這間陳列室大致保持完整。我熱切翻找每個沒被破壞的櫃子，在其中一個確實密封的櫃子裡發現了一盒火柴。我急忙試用一下，它們完好如初，甚至沒有受潮。我轉向薇娜。『來跳舞吧。』我用他們的語言對她喊說。因爲現在我有眞正能對抗那些可怕畜牲的武器。於是，在那廢棄的博物館裡，在那又厚又軟的塵土上，讓薇娜興高采烈的是，我認眞表演了一段複合式舞蹈，樂不可支地吹著《天國》的曲調。這舞蹈一部分是樸實的康康舞，一部分是踢踏舞，一部分是裙舞（用我的燕尾外套盡可能發揮），還有一部分是自創舞蹈。你們知道的，我天生富有創造力。

「現在我還是認爲，這盒火柴能逃過無數歲月的摧殘是最離奇的事，對我來說也是最幸運的事。但說也奇怪，我發現一個想像不到的東西，那就是樟腦。我在一個罐子裡找到，猜想它是偶然間被緊實密封起來。起初我以爲那是石蠟，也就依樣砸破了這個玻璃罐。但樟腦的氣味絕不會搞錯。在所有東西都腐壞的過程中，這易揮發的物質意外倖存下來，也許經歷了幾千個世紀。這讓我想起曾經見過一幅烏賊的圖畫，它是用箭石[4]化石做成的墨水畫出來的，這些箭石動物死去變成化石必然已是幾百萬年前的事。我正打算把樟腦扔掉，但想起它是易燃物，燃燒時火光明亮——實際上可當做絕佳的蠟燭——我就放進口袋裡。可是我沒發現炸藥，也沒找到

4 箭石類動物生活在約兩億年前的三疊紀，相近於現代的魷魚，也和烏賊有密切關係，同樣擁有墨汁和觸腕。

任何能夠打開青銅門的工具。到目前為止，碰巧找到的鐵棍是最有用的東西。儘管如此，我還是很高興地離開了那間陳列室。

「我沒辦法把那漫長下午的故事全告訴你們，那需要極強記憶力才能依序回想我的探索過程。我記得有個長廊的生鏽架子上擺了各式武器，我在這兒猶豫了，不知該繼續拿自己的鐵棍，還是挑一把短柄斧頭或一把劍。我不能全都帶著，不過我的鐵棍看樣子最適合對付青銅門。這裡有許多槍枝，有手槍也有步槍，大部分都布滿鏽斑，但許多是用某種新金屬做的，仍可正常擊發。但就算這裡曾有任何子彈或火藥，也都爛成塵土。我看到一個角落被燒黑而且毀壞，心想也許是這些樣品裡面發生了爆炸。另一個地方排列了大量蠟像——有玻利尼亞人、墨西哥人、希臘人和腓尼基人，我認為應該地球上每個地區的人種都有。在這裡，我臣服於難以抗拒的衝動，把自己名字刻寫在一個來自南美洲的滑石妖怪鼻子上，它特別吸引我。

「隨著傍晚將至，我的興致逐漸退去。我走過一間又一間陳列室，裡面滿是灰塵，寂靜無聲，通常已是破敗不堪，有時展示品只像成堆的鐵鏽和褐煤，有時還算可以辨認。走到一處時，我意外發現自己就在錫礦模型附近，然後純粹出於偶然，我在一個密封櫃子裡找到兩個炸藥筒！我大喊『我找到了』，興奮地砸破那櫃子。接著問題來了，我猶豫了一會兒，然後選擇一條小邊廊去做試爆。等了五分鐘，十分鐘，十五分鐘，就是沒有爆炸，我從沒這麼失望過。這些東西無疑只是陳列用的模型，我應該從外觀就猜得出來。不然的話，我相信自己會克制不住衝出去，把獅身人面像、青銅門和我找到時間機器的機會（事實證明如此）一古腦兒全都炸到灰飛煙滅。

「我想是在這之後，我們來到宮殿裡的一處露天庭院。庭院覆蓋著草坪，還有三棵果樹。於是我們在這兒休息，吃些水果。太陽即將下山，我開始考慮我們的處境。夜幕降臨，我還沒找到無法入侵的藏身處。但這件事現在對我困擾不大，我手上有的東西或許是防禦莫洛克人的最佳工具——我有火柴！如果需要熊熊火焰的話，我口袋裡還有樟腦。在我看來，現在似乎最好的辦法就是待在戶外過夜，升一堆火做防護，等到早上再去拿回時間機器。不過到時候我手頭上只有鐵棍。但現在隨著見識增長，我對那些青銅門已有不同感想。直到現在，我都避免強行進入，主要因爲對於門後情況一無所知。它們從沒給我非常堅固的印象，希望我的鐵棍足以勝任破門的工作。」

第十二章 在黑暗中

「我們走出青瓷宮殿時，太陽還沒完全落到地平線下。我決定明天一早就到白色獅身人面像那邊，打算趕在黃昏前穿過上次讓我們受阻的樹林。我的計畫是今晚盡量趕路，然後生起一堆火，在火光保護下睡覺過夜。因此我們前進時，我把看到的枯枝乾草都收集起來，不久懷裡滿是這些雜物。因爲抱著枯枝，我們行進速度比預期還慢，而且薇娜也累了。我同樣開始感到睏倦，所以還沒到達樹林前天就黑了。在長滿灌木叢的小山上，薇娜停下腳步，她害怕我們面前的整片黑暗；但有一種災難迫近的詭異感覺驅使我要繼續前進，實際上那應該是給我的警訊。我已經兩天一夜沒睡覺，渾身發熱又心浮氣躁。我感到睡意向我襲來，莫洛克人也隨之而來。

「當我們猶豫不決時，在身後黑暗灌木叢裡，我看到一片的漆黑襯托出三個蹲伏的身影。四周盡是灌木叢和長草，我對他們暗中靠近感到不安。我估計穿過森林的路程不到一英里，如果穿越後到達光禿山坡，依我看來那裡絕對是比較安全的休息地點；我認爲自己手上有火柴和樟腦，走過樹林時可以設法照亮路徑。但很明顯的，若得用手劃亮火柴，就得放棄滿手的枯枝柴火；儘管不太願意，我也只好把它們扔下。這時我又想到，可以點燃這些柴火嚇嚇尾隨在後的那些傢伙。我本應察覺這行爲極其魯莽愚蠢，但又覺得這是掩護我們撤退的絕妙好計。

「不知道你們是否曾經想過，在沒有人類和氣候溫和的地方，火焰是多麼罕見的東西。陽光熱度很少強烈到可以引燃，就算在比較熱帶的地方，有時露珠聚焦也辦不到。閃電或許會摧毀並燒焦東西，但鮮少引起燎原之火。腐敗植物因爲發酵作用偶爾會發生悶燒，也幾乎不會冒出火焰。在這衰敗的時代，生火技術在地球上早已被遺忘。對薇娜而言，正在舔食我那堆木柴的橘紅火舌是全然新奇的東西。

「她想跑過去玩火，我相信若不出手阻止，她會撲進火裡。但我將她抱起來，不顧她的掙扎，大膽走進前面的樹林裡。火光稍微照亮了路徑，一會兒之後我回頭瞧，從密集樹幹間看過去，火焰已從那堆枯枝燒向旁邊灌木叢，一條弧形火線正往山上草叢蔓延過去。我得意地笑了，再度轉身朝漆黑樹林走去。樹林裡非常黑，薇娜拚命緊抓著我，但我眼睛逐漸習慣黑暗之後，還是有足夠光線讓我避開樹幹。頭頂上一片黑暗，只能偶爾從隙縫中見到遠方一線夜空照亮我們。我沒點起火柴，因爲空不出手來。左手抱著我的小薇娜，右手抓著我的鐵棍。

「走了一段路，除了腳踩枯枝的碎裂聲，微風吹拂的沙沙聲，自己的呼吸聲和脈搏跳動聲，我什麼都沒聽見。接著我似乎察覺身後傳來啪嗒聲，立刻停下腳步。啪嗒聲變得愈加清楚，然後傳來我在地下世界聽過的古怪話語聲。顯然是有好幾個莫洛克人正向我逼近。確實，下一刻就覺得有東西在扯我外套，手也被拉住。薇娜顫抖很厲害，接著變得動也不動。

「是該點火柴的時候了，但得把薇娜放下才能拿火柴。我放下薇娜，伸手到口袋裡摸索，此時膝蓋四周的黑暗中開始了一陣騷動，薇娜完全沒出聲，莫洛克人依舊發出奇怪的咕咕聲。柔軟的小手也摸上我的外套和背部，甚至碰到我脖子。然後火柴劃亮了嘶嘶作響。我舉起閃亮的火柴，看到莫洛克人竄進樹叢裡的白色背影。我從口袋裡匆匆拿出一塊樟腦，打算趁火柴熄滅前盡快點燃。接著我看了看薇娜，她緊抓我的腳，毫無動靜地伏倒在地。我猛然一驚彎下身去，她似乎沒了呼吸。我點燃樟腦扔到地上，它碎裂開來燒得更旺，驅退了莫洛克人和四周黑影，我跪下去將她抬起。背後樹林裡似乎充滿大群莫洛克人的騷動和低語！

「她似乎昏厥過去。我將她小心翼翼放到肩膀上，起身繼續前進，接著意識到可怕的事。我在掏火柴點火和抱起薇娜時轉身好幾次，現在已經搞不清楚該走的方向，只知道自己背對著青瓷宮殿。我發覺自己出冒了一身冷汗，必須趕緊思考該怎麼辦，於是決定升一堆火就地紮營。我把依舊動也不動的薇娜放到覆滿青苔的樹幹上，趕在第一塊樟腦即將耗盡前開始收集枯枝落葉。在我周圍的黑暗中，莫洛克人的眼睛像紅寶石般發亮著。

「樟腦火光閃爍幾下後熄滅了。我又點起一根火柴，此時兩個已經靠近薇娜的白色身影匆忙逃開。有一個被亮光弄花了眼睛，直直朝我過來，我感覺到自己猛力一拳打碎了他的骨頭。他驚呼一聲，搖搖擺擺走了幾步，然後倒下。我點燃另一塊樟腦，繼續收集柴火。不久，我發現頭頂上有些樹葉非常乾燥，因爲我坐時間機器到達這裡大概有一個星期了，從那之後都沒下雨。所以我不再從林間撿拾掉落的枝葉，而是直接跳起來拽下樹枝。不用多久，我就用綠枝和枯葉升起一堆濃煙嗆鼻的營火，這樣可以節省我的樟腦。接著轉往躺在鐵棍旁的薇娜，我想盡方法試著弄醒她，但她就像死人般躺著不動。我甚至不能確定她是否還有呼吸。

「火堆濃煙現在朝我吹來，一定是它弄得我昏昏沉沉。此外，空氣中充斥樟腦的氣味。火堆大約可維持一個小時左右不需添加木柴。費了這番功夫後，我覺得非常疲倦，於是坐下。樹林裡也充滿一種令人不解的催眠呢喃聲。我似乎只打盹了一下就睜開眼睛，但四周一片漆黑，莫洛克人的手已經摸到我身上。我甩開他們糾纏的手指，匆忙到口袋裡摸索火柴盒，但——它不見了！然後他們又抓住我，把我團團圍住。我立刻明白發生了什麼事。我睡著了，然後火熄滅了，死亡的苦味籠罩著我的靈魂。森林似乎瀰漫著木頭燃燒的氣味。我的脖子、頭髮和手臂都被抓住，然後被拉倒。在黑暗中感覺這些柔軟的動物壓在身上，實在是難以形容的可怕。我覺得自己就像困在怪異的蜘蛛網上，被制伏了，倒了下去。我感覺到小牙齒在咬我的脖子。我翻了個身，這下手就碰到我的鐵棍，力氣也來了。我掙扎站起，甩掉身上這些鼠輩，立刻抓起鐵棍，朝著我認爲是他們臉的地方捅過去。我可以感覺到他們在我的攻擊下血肉模糊，沒過一會兒我就自由了。

「我感覺到一陣怪異的欣喜若狂，這似乎經常伴隨著艱苦奮戰而來。我知道自己和薇娜迷了路，但決定要讓莫洛克人爲他們吃的肉付出代價。我背靠一棵樹站著，在面前揮舞起鐵棍。整片樹林都是他們騷動呼喊的聲音。過了一分鐘，他們的聲音似乎變成激動尖叫，動作也越來越快，但沒一個來到我搆得到的地方。我站在那邊，注視著眼前的黑暗，突然有了希望。難道莫洛克人害怕了？緊接著發生奇怪的事。這片黑暗好像變亮起來，我在昏暗中開始看見周圍的莫洛克人——三個被打扁的倒在腳邊——然後難以置信地發覺到，其他莫洛克人都在奔跑，看似一條源源不絕的溪流，從我身後往我身前的樹林穿過去。他們的背影看起來不再是白色，而是紅色。我站著發呆時，看到一點紅色火星飄過穿透枝葉間的星光，然後消失。這下我明白了，為什麼有燃燒木頭的氣味，為什麼那催眠的呢喃現在變成陣陣的咆哮，還有那紅色光輝和莫洛克人成群逃跑。

「從樹後面走出來回頭看，透過臨近樹木的黑色樹幹間，我看到燃燒森林的烈焰。自己最早點起的那堆火正向我燒過來。我藉著火光尋找薇娜，但她不見了。身後盡是嘶嘶聲和劈啪聲，每棵樹都立刻著火發出爆裂聲，沒剩多少時間可以思考了。鐵棍仍握在手上，我沿著莫洛克人的路徑跑去，這是分秒必爭的競賽。火焰一度在我右邊蔓延太快，擋住去路，我只能往左邊跑去。最後來到一小塊空曠地方，一個莫洛克人慌慌張張向我走來，經過我後直接走進火海！

「接下來我看到的，我想是自己在未來世界看過最怪誕可怕的情景。整塊空地被火光照得亮如白晝，中央是一處山丘或古墓，上面有一棵已經燒焦的山楂樹。山丘遠方是另一邊燃燒的森林，黃色火舌已經從林間冒出，火牆完全包圍住這塊空地。山坡上有三、四十個莫洛克人，被火光和熱氣弄得暈頭轉向，混亂中到處可見彼此互相衝撞。我一開始並不了解他們爲何如此魯莽，當他們靠近我時，驚恐中我用鐵棍猛烈攻擊他們，幹掉一個莫洛克人，還讓其他幾個跛了腳。但在紅色天空襯托下，我看到其中一個在山楂樹下盲目摸索的模樣，並且聽到他們呻吟的聲音，確定他們在強光下完全莫可奈何，痛苦不堪，於是我不再攻擊他們。

「但不時會有莫洛克人直朝我來，全身散發顫慄的恐懼，我只得趕緊閃開他。火焰一度稍微減弱，我怕這些可惡傢伙很快就會看得到我；正想趁早先動手殺死幾個，但火又燒旺起來，因此就住手了。我在山丘上到處走動，閃過他們，尋找薇娜的蹤影。但還是不見薇娜。

「最後我坐在山丘頂上，看著這群怪異得不可思議的盲目傢伙，在烈焰強光照射下到處瞎摸，彼此間發出神秘的叫聲。盤旋上升的煙霧飄過空中，一片通紅的天際只有幾處隙縫，穿透過去看到遙遠閃亮的星星，它們彷彿屬於另一個宇宙。兩三個莫洛克人撞到我身上，我揮拳把他們揍跑，在此同時自己也全身發抖。

「那天晚上大部分時間裡，我都相信這只是一場惡夢。我咬自己嘴唇，還放聲大叫，非常渴望醒過來。我用手捶地，站起來又坐下，起身四處走動，然後又坐下。後來我開始揉起眼睛，呼喊上帝讓我醒來。我有三次看到莫洛克人痛苦低頭衝進火海。但是最後，在逐漸消退的紅色火光之上，在不斷冒出的滾滾黑煙和粉白焦黑的斷枝殘幹之上，還有那些數量越來越少的悲慘傢伙之上，出現了白晝的亮光。

「我再次尋找薇娜的蹤影，但一無所獲。很明顯，他們將她可憐的小屍體留在樹林裡了。想到她已逃過似乎註定遭遇的可怕命運，我無法形容自己心裡有多麼如釋重負。一想到這點，我幾乎又要開始屠殺身旁那些無助的可惡傢伙，但我克制住了。如同我曾說過，這山丘就像森林裡的一座島。我現在從頂峰可以透過一層煙霧辨認出青瓷宮殿，因此能夠找到白色獅身人面向的方位。於是，隨著天色逐漸明亮，我在腳上綁了一些草，離開這些仍舊到處呻吟亂跑的殘餘該死靈魂，一瘸一拐穿過冒煙的灰燼，走在內部仍在悶燒的焦黑枝幹間，朝向藏著時間機器的地方前進。我走得很慢，因爲幾乎已經精疲力盡，而且還跛了腳，也對小薇娜的慘死感到極度悲痛。這似乎是一場壓倒性的災難。現在，坐在這間熟悉的老屋子裡，它更像是夢中的一場不幸，而不像眞的失去了什麼。但那天早上，它讓我再次感到完全孤單——孤單得令人害怕。我開始想起自己的這棟屋子，想起這座壁爐，還有你們當中一些人，想這些時伴隨而來的是痛苦的渴望。

「不過，當我在早晨明亮天空下走過冒煙的灰燼時，發現自己口袋裡還有幾根散落的火柴。火柴盒一定在遺失前就已經掉出火柴了。」

第十三章　設下圈套

「早上大約八、九點鐘的時候，我來到抵達那天傍晚，坐在上面看這世界的黃色金屬椅。想起那晚倉促做下的結論，我忍不住對自己的自信苦笑起來。眼前仍是美麗的景色，同樣茂盛的樹叢、輝煌的宮殿和壯觀的廢墟，閃亮河水依舊流過富饒河岸。穿著華麗長袍的新時代貴族在樹林間走來走去，有些還在我救起薇娜的地點沐浴，這讓我突然感到心頭一陣刺痛。通往地下世界的豎井上方圓頂，就像整片景致中的汙漬。我現在了解地上世界的美好生活隱藏的眞相。人們日子過得非常愉快，就像草原上的牛群一樣無憂無慮。如同牲口一般，他們不知道有什麼敵人，不必擔心任何匱乏。他們最後的下場也都一樣。

「我一想到人類智慧的夢想是多麼短暫就感到悲哀。它毀了自己。它堅定朝向舒適安逸邁進，以長久安全爲口號，謀求一個平衡的社會，並且實現了它的希望——最後走到這一步。生命和財產必然曾經達到近乎絕對的安全。富人得到了他們的財富和舒適，勞工確保了他們的生命與工作。毫無疑問，在那完美的世界裡沒有失業問題，沒有解決不了的社會問題。接下來就是天下太平。

「我們忽略了一條自然法則，那就是人類智慧之所以會爆炸發展，是因爲要應付環境的變化、威脅和困難。一個天生就能完全適應環境的動物已經擁有完美的機制。除非習性和本能派不上用場，生命力絕不會訴諸於智慧。沒有變化也不需要變化的地方就沒有智慧。只有那些需要應付各種匱乏與威脅的動物才具有智慧。

「所以，就我所看到的，地上世界的人類已經走向纖弱矯飾，地下世界則變成純粹機械化的工業。但這完美狀態即便對完全機械化來說仍缺少一件事——絕對持久。顯然隨著時間推移，地下世界吃的問題，無論是如何造成的，都已經變得失序。被擱置幾千年的需求之母又回來了，在地底下開始發威。地下世界都在跟機器打交道，無論這些機器多麼完美，仍需要一些常態以外的思考才能搞定，也許因此促使他們保有更多主動性，儘管其他的人類特質都不如地上世界。當他們沒別的肉可吃的時候，便轉向古老習慣一向禁止的東西。所以我說這是我在西元八〇二七〇一年最後觀察的看法。這也許是平凡人都能想到的一個錯誤解釋，但事情就是這樣在我眼前發生，我如實告訴你們。

「歷經過去幾天的勞頓、激動和驚恐之後，撇開心中的悲痛不說，這張椅子、詳和景致和溫暖陽光眞令人感到舒適。我覺得非常疲倦想睡，理論思考很快就變得瞌睡連連。意識到這點之後，我接受自己的提示，躺到草地上好好補眠一番。

「我在太陽快下山時醒來。現在覺得很安全，不會被莫洛克人逮到在打瞌睡，於是伸了伸懶腰，下山朝向白色獅身人面像走去。我只一手拿著鐵棍，另一手在口袋裡玩弄著火柴。

「接著發生最意想不到的事。當我走近獅身人面像的基座時，發現青銅門是敞開的。它們滑進溝槽裡面了。

「我看到這情況便停在門前，猶豫著要不要進去。

「門裡面是一個小房間，角落凸起的地方放著時間機器，小控制桿就在我口袋裡。所以，在我精心準備好打算攻破獅身人面像的時候，它低頭屈服了。我扔掉手中的鐵棍，對於沒派上用場還真有些遺憾。

「我走向門口時突然想到一件事。至少，這次我掌握了莫洛克人心中的算計。忍住想笑出來的衝動，我跨進青銅門框，走向時間機器。我意外發現它被仔細上過油，還被擦拭乾淨。我懷疑莫洛克人用他們笨拙的方式想搞清楚機器用途，甚至還把部分機器拆解開來。

「我站在那兒檢查機器，光是觸碰到這裝置就感到高興，然後我預料的事發生了。青銅門板突然升起，鏘的一聲撞擊門框。我在黑暗中——落入了圈套。莫洛克人是這麼想的，我暗自竊笑。

「我聽見他們向我靠近時的咯咯笑聲。我冷靜下來試圖點起火柴，心想只要裝上控制桿，自己就能像幽靈一般消失。但我忽略了一件小事。手上拿的是該死的安全火柴，只能在火柴盒上劃亮。

「你們能想像我的冷靜瞬間消逝。小牲畜們向我靠過來，有一個碰到我了。我在黑暗中朝他們揮舞控制桿，並且開始爬進機器鞍座。有一隻手摸到我身上，然後又有一隻。接著我完全在跟他們不斷想抓控制桿的難纏手指奮戰，同時還得摸索要裝上去的螺柱。他們差一點就搶走一根控制桿，當它從我手中滑開時，我拿自己腦袋用力抵撞才奪了回來，還聽到莫洛克人的頭殼被撞得響亮。我想這臨行前的最後肉搏，要比森林中的那次

更勢均力敵

「不過最後控制桿安裝好了，我一把推下去。那些糾纏的手從我身上滑開，黑暗很快就從眼前消失。我發現自己又處於曾描述過的灰濛光線與混亂之中。」

第十四章　日後景象

「我已經跟你們講過時間旅行伴隨的噁心和混亂感覺。這次我在鞍座上姿勢不對，身體偏向一邊沒坐穩。不知經過多久，我都緊抓機器隨它搖擺震動，完全沒注意旅程是怎麼走的，直到決定去看表盤時，驚訝發現自己到了什麼年代。一個表盤記錄日期個位數，另一個記錄千位數，再另一個記錄百萬位數，還有一個記錄十億位數。我現在並非拉控制桿倒退回去，而是推下桿子繼續前進，當我看著這些表盤時，發現千位數轉得就像手錶秒針一樣快——飛向未來。

「當我持續前進時，事物外觀慢慢發生離奇變化。悸動的灰濛光線變得比較暗，然後——儘管我仍以飛快速度前進——日夜相繼的閃爍變得更容易辨識，這代表速度變慢了。起初我非常困惑，日夜交替的變化越來越慢，太陽通過天空的速度也同樣變慢，這情況似乎一直綿延了好幾世紀。最後，整片穩定的暮色籠罩在地球上，只有偶爾掠過的閃亮彗星才會劃破暗空。代表太陽的那道光帶早已消失，因爲太陽不再沉落，只在西邊天際上上下下，而且變得更大更紅。月亮已經完全不見蹤影。星星的旋轉逐漸變慢，變成一顆顆蠕動的光點。最後，在我停下之前，又紅又大的太陽靜止懸掛在地平線上，像個巨大悶熱的圓頂，時不時會短暫隱身不見。它曾一度又變得比較亮，但很快就恢復成陰沉的赤熱模樣。我察覺到太陽起落逐漸停止就不再產生潮汐作用，地球變成有一面固定朝向太陽，就像我們這時代的月亮朝向地球一樣。還記得上次栽了個跟頭，我非常小心開始降低速度。表盤指針越走越慢，直到千位數似乎靜止不動，個位數也不再只是一團模糊。速度繼續放慢，荒蕪海灘的朦朧輪廓開始變得清晰。

「我緩緩停下時間機器，坐在上面四處張望。天空不再是藍色的，東北方一片漆黑，蒼白的星星在黑暗中持續閃亮。頭頂上是暗沉的橘紅色，看不到星星，東南方的地平線上變成更亮的猩紅色，巨大太陽掛在天邊，紅澄澄的動也不動。四周岩石都是刺眼的淡紅色，最初看到的生命跡象只有濃綠的植被，覆蓋在岩石朝東南方突出的那一面。它們就像森林裡的苔蘚或洞穴裡的地衣那樣翠綠，這些植物都生長在長年缺乏光線的環境下。

「時間機器停在傾斜的海灘上。海水向西南方延伸，與暗淡天空的交界處形成一道明亮的地平線。岸邊沒有碎浪，海上沒有波濤，因為完全沒風吹擾。海面像在和緩呼吸般稍有起伏，表示這永恆的大海仍在運動，保有生機。沿著海面望去，有時露出水面的是厚厚一層鹽殼，在火紅天色下呈現粉紅。我感覺到頭悶，而且呼吸非常急促。這感覺讓我想起只有登山時才經歷過，因此我判斷空氣要比現在更稀薄。

「在遠方荒蕪的斜坡上，我聽到一聲刺耳尖叫，看見一個像巨大白蝴蝶的東西，斜著身子向空中振翅而去，盤旋飛行，然後消失在低矮山丘後面。它的聲音淒涼得令我渾身發抖，更加坐穩在機器上。再次環顧四周，我看到距離很近的地方，原本認爲是大塊紅色岩石的東西正慢慢向我移動，接著看出它實際上是像巨大螃蟹的古怪生物。試著想像跟那張桌子一樣大的螃蟹，許多隻腳緩慢晃蕩爬動，巨大蟹螯來回搖擺，如同車伕馬鞭的長觸鬚揮舞著探路，硬殼兩側矗立的雙眼閃閃發亮瞪著你看。它背上布滿皺折，盡是難看的坑坑疤疤，綠色外殼到處是污斑。我還看到那複雜嘴部有許多觸鬚，隨著它移動時搖曳探索著。

「我盯著這不懷好意的怪物向我爬來的時候，感覺腮幫子搔癢起來，好像蒼蠅停在臉上。我揮手把它趕走，但又立刻回來了，而且幾乎同時還有另一隻飛來耳邊。我一掌拍打下去，抓到絲線般的東西，很快就從我手中抽走。湧起一陣毛骨悚然的噁心，我轉過頭去，發現剛才抓住的是身後另一隻巨大螃蟹的觸鬚。它惡意的雙眼在眼柄上打轉，垂涎的嘴巴不斷開合，沾滿海藻黏液的巨大蟹螯正笨拙地向我襲來。我立刻把手放到控制桿上，移動到和這些怪物相隔一個月的時間之後。我仍在相同海灘上，一停下來就清楚看到它們。昏暗光線下，許多螃蟹在濃綠植被間到處爬來爬去。

「我無法確切表達這種籠罩世界糟透了的荒涼感。東邊是紅色天空，北邊是漆黑一片，過鹹的大海了無生機，石灘上爬滿緩慢移動的醜陋怪物，放眼望去盡是千篇一律難看的濃綠地衣，還有難以呼吸的稀薄空氣，這一切構成了駭人景象。我前進一百年，依舊是相同的紅色太陽——變得更大、更晦暗——不變的垂死海洋與冷冽空氣，還有同樣的骯髒甲殼動物在綠地衣和紅岩石間到處爬動。西邊天空上，我看到像是巨大新月的一道蒼白弧線。

「於是我一路旅行下去，被地球神秘的命運所吸引，大約每隔一千多年便再次停下，著迷似地看著西邊天空的太陽變得越來越大，也越來越暗，古老地球的生命正在消逝。最後，三千萬年過去了，太陽這個巨大赤熱的圓頂已經遮蔽大約十分之一的昏暗天空。我再次停下，因爲那些爬行的螃蟹已經消失，紅色海灘上除了豔綠的苔蘚與地衣之外，似乎沒有生命跡象。現在海灘上布滿白色斑點，刺骨寒意向我襲來，稀疏的白色雪花不斷旋轉著飄落。往西北方望去，積雪在黑暗天空的星光下閃閃發亮，還能看到起伏山丘的粉白頂峰。沿海地方有薄冰，外海漂著浮冰，但廣闊的鹽海仍沒結冰，被永不沉落的夕陽照得一片血紅。

「我環顧四周，看看是否還有任何生命跡象。但某種無法形容的擔憂讓我一直坐在機器鞍座上。無論是地上、天空或海裡，我都沒看到有東西在動。岩石上那層綠色黏糊東西就證明生命尚未滅絕。海裡出現一片淺沙洲，海水已從海灘往後退去。我以爲自己看到黑色東西在沙洲上跳動，但盯著瞧時卻動也不動，我想自己應該是眼花了，那黑色東西只是一塊岩石。天上星星非常耀眼，但在我看來它們不太閃爍。

「突然間，我注意到太陽西邊的圓形輪廓發生改變；弧線中出現一處凹陷，一個內彎。我看著它越變越大。也許有一分鐘，我驚呆盯著這片黑暗蔓延整個白晝，接著了解到日蝕正要開始。不是月亮就是水星正通過太陽前面。起初我自然認爲是月亮，但很多跡象讓我相信眞正看到的是一顆內圈的行星，正從非常靠近地球的地方經過。

「天色很快轉暗，一股強勁冷風開始從東方吹來，空中飄落的白色雪花變多了。海邊掀起一波漣漪，傳來潺潺水聲。除了這些無生命的聲音，這世界寂靜無聲。寂靜無聲？很難描述這種寂靜。所有人類的聲音，羊隻的咩咩叫，鳥禽的啼鳴，昆蟲的嗡嗡聲，這些構成我們生活背景的騷動全都結束了。隨著天色愈加暗沉，更多雪花在我眼前飛舞，空氣也更爲冷冽。最後，遠方山丘的白色頂峰一個接一個迅速消失在黑暗中。徐徐微風轉成蕭瑟寒風，我看著日蝕中央的黑色陰影向我掃來。一會兒之後，只看得見黯淡的星星，其他一切都在無光的朦朧中，天空完全漆黑。

「這片巨大黑暗帶給我恐懼。刺骨的寒冷和呼吸的疼痛令我無法忍受。我渾身顫抖，死命作嘔。然後，太陽邊緣就像一把赤熱的彎弓在天空中重現。我走下機器，想要恢復神智。我覺得頭暈目眩，無力面對返程。當我站在那邊噁心而困惑時，又看到淺灘上會動的東西——這次絕沒搞錯，它是會動的東西——映襯在紅色海水上。它是圓形的東西，大概有足球那麼大，或許還更大，身上拖曳著觸鬚，在起伏的紅色海水襯托下，看來似乎是黑色的，而且間歇地跳來跳去。此時我覺得快暈過去了，但非常擔心自己孤單倒在遙遠嚇人的昏暗中，於是努力支撐著爬上了鞍座。」

第十五章 旅人回程

「所以我回來了。我在機器上肯定昏迷很長一段時間。日夜輪替的閃爍重新開始，太陽又變成金黃色，天空也是一片藍。我的呼吸順暢了許多。地貌輪廓的變化起起伏伏，表盤上的指針往回旋轉。最後我又看到房屋的模糊影子，這是人類沒落時期的跡象。這些景色也改變了，過去了，隨之而來的是其他景色。不久，當百萬位數的表盤歸零時，我降低速度，開始認出我們時代漂亮熟悉的建築，接著千位數也回到原點，日夜交替變得越來越慢。然後研究室熟悉的牆壁出現在我周圍，我非常和緩地放慢機器。

「我看到一件對我來說很奇特的小事。我想已經告訴過你們，當我出發時，在速度還沒變得非常快之前，沃切特夫人穿過房間，在我看來就像一枚火箭飛過去。但現在她的每個動作就像完全按照上次動作在倒轉。通往花園的門打開了，她悄消滑進研究室，回到前面，然後消失在先前進來的那道門之後。在那之前，我好像有看到希利爾，但他隨即一閃而過。

「然後我停下時間機器，再次環顧一遍熟悉的研究室，看了看我的工具，它們跟我離開時沒什麼兩樣。我搖搖晃晃走下機器，坐到長凳上。我劇烈顫抖了好幾分鐘，然後變得比較平靜。在我四周的還是原本的工作坊，跟之前一模一樣。也許我在那裡睡著了，整件事只是一場夢。

「然而，並不是一模一樣！時間機器是從研究室的東南角落出發，現在又停到你們曾看它放在西北角落的靠牆處。這距離剛好是我著陸的草坪到白色獅身人面像基座的距離，莫洛克人就是把我的機器搬到那裡面去的。

「我的腦袋一時之間陷入停滯。不久，我起身一跛一跛走過長廊到這裡，因爲腳跟還是感到疼痛，而且覺得滿身髒汙。我看到門口桌上放著《培爾美爾報》，發現日期的確是今天，接著看了時鐘，時間將近八點鐘，還聽到你們說話的聲音和餐盤碰撞聲。我猶豫著——因爲身體感到非常噁心和虛弱。後來我聞到香噴噴的肉味，於是開門見到你們。接下來的，你們就都知道了，我去梳洗，回來用餐，然後現在正跟你們講這故事。」

第十六章 故事之後

「我知道，」他停頓了一下說，「這些對你們來說絕對難以置信，但是對我而言，最不可思議的一件事，就是今晚在這熟悉的老房間裡，看著你們親切的臉孔，跟你們講這些奇怪的冒險故事。」他看著醫生。「是的，我不指望你們能相信它。就把它當作在扯謊——或者是一種預言，說這是我在工作坊夢到的吧。想到我一直在思索我們人類的命運，於是編出這個虛構故事。把我強調它的眞實性，視爲只是增添趣味的神來一筆吧。就把它看作是一個故事，你們認爲如何？」

他拿起菸斗，在習慣動作下神經質地敲著壁爐格柵。房間裡一陣靜默。然後開始有拖拉椅子的咯吱聲，還有鞋子擦過地板的聲音。我把目光從時間旅人的臉上移開，掃視他的聽眾。大家坐在黑暗中，細小光點在他們面前晃動。醫生似乎專心凝視著我們的主人。編輯緊盯自己的雪茄菸頭——這是第六根了。記者摸索著在找手錶。根據我的記憶，其他人一動也不動。

編輯站起來嘆了口氣。「你沒當個寫故事的人還眞可惜！」他說，同時把手放在時間旅人肩膀上。

「你不相信它？」

「這個嘛——」

「我想也是。」

時間旅人轉向我們。他說，「火柴在哪裡？」他點燃火柴，一口口抽著菸斗時說著，「老實跟你們講……我自己也很難相信……然而……」

他的目光悄然落在小桌上枯萎的白色花朵上。然後他把拿著菸斗的手翻轉過來，我看到他盯著手指關節上幾道還沒癒合的傷疤。

醫生起來到油燈前，檢視這些花朵。「雌蕊群很奇怪。」他說。心理學家探身過去瞧，伸手拿起一朵來看。

「我敢說現在差一刻就一點鐘了，」記者說，「我們怎麼回去？」

「車站有很多出租馬車。」心理學家說。

「眞稀奇的東西，」醫生說，「但我不確定這些花屬於哪個種類。可以給我嗎？」

時間旅人猶豫一下。然後他突然說：「當然不可以。」

「你到底從哪裡弄到的？」醫生說。

時間旅人把手放到頭上。他講話的語氣像在試圖抓住心中逃避的想法。「它們是我穿越時間時，薇娜放進我口袋的。」他環視房間。「如果這一切不是眞的，我就該死。這個房間，還有你們，以及日常生活的氛圍，全都超過我的記憶所能負荷。我眞的有製造時間機器，或者時間機器的模型嗎？還是這只是一場夢？人們說人生如夢，有時候是相當糟糕的夢——但我再也無法承受另一個亂七八糟的夢。那太瘋狂了。這夢從何而來？……我必須去看看那機器，如果眞有一台的話！」

他迅速抓起火光搖曳的油燈，拿著它走進長廊。我們跟在他後面。閃爍的光線下，機器果然就在眼前，矮矮胖胖，歪歪斜斜，很是難看，它是用黃銅、黑檀木、象牙和閃亮的半透明石英做成的。摸起來滿結實——因爲我伸手摸了摸它的欄杆——象牙上有褐色的斑點和汙漬，機器下面沾了一些草和苔蘚，還有一根欄杆扭曲了。

時間旅人將油燈放在長凳上，手沿著受損的欄杆摸過去。「現在沒事了，」他說。「我告訴你們的故事是眞的。我很抱歉在寒冷的天氣裡把你們帶到這裡。」他拿起油燈，大家一聲不響回到吸菸室。

他陪我們一起來到門廊，還幫編輯穿上外套。醫生盯著他的臉，有些猶豫地告訴他說，他工作過度太勞累了，這讓他哈哈大笑。我記得他站在敞開的門口，跟大家高聲道晚安。

我和編輯共乘一輛出租馬車。他認爲這故事是一個「花俏的謊言」。就我而言，我沒辦法做出結論。這故事離奇到不可思議，但講述得如此可信而且認眞。那晚大半時間我都醒著，躺在床上思索這事。我決定隔天再去拜訪時間旅人。我被告知他在研究室，在這房子我能隨意走動，於是直接去找他。然而，研究室裡空無一人。我盯著時間機器看了一會兒，隨後伸手觸碰控制桿。就在那刻，看起來矮胖結實的機器就像被風吹過的樹枝般搖動起來。它搖晃的樣子嚇了我一大跳，意外想起童年時不准我隨便亂碰東西的日子。我穿過長廊走回來。時間旅人在吸菸室裡遇上我，他正從房子裡出來，一隻胳臂下夾著小照相機，另一隻胳臂夾著背包。他一見到我就笑了，只能伸出手肘跟我握手。「我忙得很，」他說，「爲了那東西。」

「這不是惡作劇嗎？」我說。「你眞的穿越了時間？」

「當然，我的確這麼做了。」他直率地看著我眼睛，遲疑了一下，視線在房間裡轉了一圈。「我只需要半小時，」他說。「我知道你爲什麼來，你人眞好。這裡有幾本雜誌，如果你願意留下來吃中餐，我在這次旅行會帶給你徹底的證明，包括樣本和所有東西。你能原諒我現在離開一會兒嗎？」

我同意了，但當時不太理解他話裡的全部含意，接著他點點頭，沿著長廊走去。我聽到研究室的門關上，於是坐到一張椅子上，拿起一份早報。他午餐前打算要做什麼呢？突然，一則廣告讓我想起，我已經答應出版商理查森要在兩點鐘碰面。我看看手錶，發現快來不及赴約了。我起身走過長廊去告訴時間旅人。

當我握住門把時聽到一聲呼喊，尾音怪異地被截斷，然後一陣卡嗒聲和砰的一聲。我打開門時，一股氣流在我身邊旋轉，裡面傳來玻璃落地的破碎聲。時間旅人不在那裡。有一瞬間，我似乎看到一個幽靈般的模糊身影，坐在一團旋轉的黑色與黃銅色之中，那身影相當透明，連後面的長凳和上面放的圖紙都清晰可見；但我揉一揉眼睛，這幻影就消失了。時間機器已經不見。研究室的另一頭空蕩蕩，只有揚起的塵埃緩緩落下。顯然，天窗上的一片玻璃剛被吹下來。

我感到一種莫名訝異。我知道發生了奇怪的事，但一時半刻分辨不出是什麼怪事。我站在那裡盯著看時，通往花園的門打開了，男僕出現在眼前。

我們彼此對望。然後我心裡開始有了想法。「先生是從那裡出去的嗎？」我問。

「沒有，先生。沒人從這方向出去。我還以爲能在這裡找到他。」

這下我明白了。冒著讓理查森失望的風險，我留下來等待時間旅人；等待第二次也許更離奇的故事，還有他會帶回來的樣本與照片。但我現在開始擔心會等一輩子。時間旅人已經消失三年。而且，大家現在都知道了，他再也沒有回來。

尾聲

人們除了納悶之外別無選擇。他還會回來嗎？也許他回到未開化的石器時代，落入毛茸茸的嗜血野蠻人手中，或者掉進白堊紀的大海裡，還是去到充滿怪誕蜥蜴和爬蟲巨獸的侏羅紀時代。他現在甚至可能——容我使用這些詞彙——徘徊在三疊紀時代蛇頸龍出沒的鮞粒岩珊瑚礁上，或者偏僻孤寂的死海旁邊。或者他繼續前進，去到一個比較接近的年代，那時候的人還是人類，但我們這時代的謎團已經找到答案，擾人的難題已經獲得解決？那就是去到了人類成熟期；因爲我認爲，最近這些實驗薄弱、理論破碎、人們相互爭執的日子，不能算是人類巔峰時期！我說的是我個人看法。早在時間機器製造出來以前，我們之間就已討論過這問題，我知道他對人類進步的看法並不樂觀，並且把持續增長的文明視爲愚蠢的堆積，最後免不了坍塌下來，摧毀文明製造者。如果眞是這樣，我們只能當作事實並非如此般活下去。但對我而言，未來仍是一片蒼白黯淡，是巨大的未知數，唯有偶爾想起他的故事才燃起一絲亮光。可以聊表安慰的是，我手邊有兩朵奇怪的白花——早已枯萎泛黃，乾癟易碎——見證了即使心智和體力都已耗盡，人類心中仍舊存在感激和溫柔以待彼此之情。

國家圖書館出版品預行編目（CIP）資料

時間機器 / 赫伯特．喬治．威爾斯著 ; 林捷逸譯 . -- 初版 . -- 臺中市 : 好讀出版有限公司 , 2024.02

面 ;　公分 . -- (典藏經典 ; 152)

譯自 : The Time Machine

ISBN 978-986-178-702-2（平裝）

873.57　　113000166

好讀出版

典藏經典 152

時間機器

作者／赫伯特．喬治．威爾斯（Herbert George Wells）
譯者／林捷逸
總編輯／鄧茵茵
文字編輯／莊銘桓
封面設計／鄭年亨
發行所／好讀出版有限公司
407 台中市西屯區工業區三十路 1 號
407 台中市西屯區大有街 13 號（編輯部）
TEL:04-23157795
http://howdo.morningstar.com.tw
（如對本書編輯或內容有意見， 請來電或上網告訴我們）
法律顧問　陳思成律師

線上讀者回函
獲得好讀資訊

讀者服務專線／ TEL：02-23672044 / 04-23595819#212
讀者傳眞專線／ FAX：02-23635741 / 04-23595493
讀者專用信箱／ E-mail：service@morningstar.com.tw
網路書店／ http : //www.morningstar.com.tw
郵政劃撥／ 15060393（知己圖書股份有限公司）
印刷／上好印刷股份有限公司

初版／西元 2024 年 2 月 1 日
定價：280 元

Published by How Do Publishing Co. ,LTD.
2024 Printed in Taiwan

ISBN 978-986-178-702-2